學生會的祝日

碧陽學園學生會默示錄 8

葵せきな

Kadokawa Fantastic Novels

彩頁・內文插畫　狗神煌

學生會的祝日

碧陽學園學生會默示錄8

這就是學生會辦公室的座位圖！

黑板

學生會長
櫻野玖璃夢

三年級。外表・言行・存在
所有的一切都像小女孩的奇蹟之人。
最近更是越來越幼兒化。

副會長
杉崎鍵

學生會的唯一男性，
最愛美少女遊戲的二年級。
目標是完全攻略全是
美少女的學生會成員
……應該。

書記
紅葉知弦

玖璃夢的同班同學，
個性有點冷酷卻又
同時帶著溫柔，
是名成熟的女性。
不過是個極度的S。

副會長
椎名深夏

鍵的同班同學，
不停燃燒的熱血少女。
其實內在比任何人
都要純情，
是個很正統的角色。

會計
椎名真冬

一年級。深夏的妹妹。
一開始是個
飄逸脫俗的美少女，
最近在很多方面
變得無藥可救。

出入口

「各位，學生會活動終於來到這個地步！」 by會長

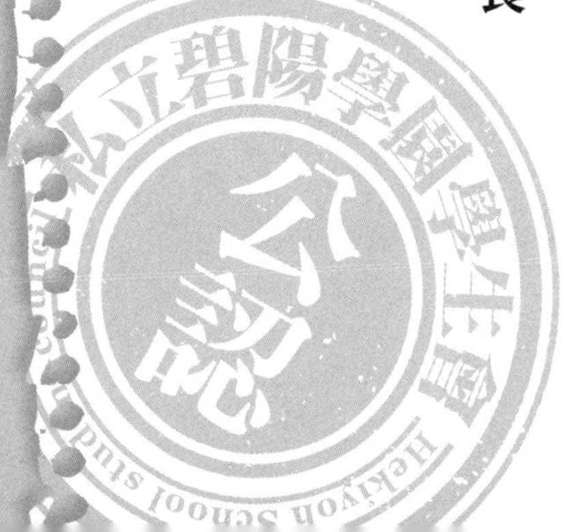

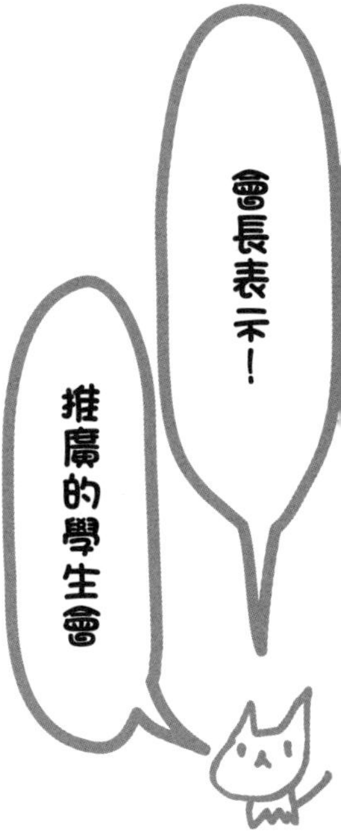

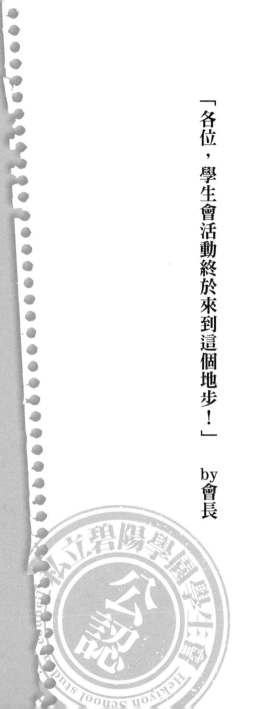

會長表示！

大家知道，我是學生會長櫻野玖璃夢！

哇——哇——！拿到報紙的版面了——！聽說可以隨心所欲使用！哇——！要拿來做什麼呢？要拿來做什麼呢？

首先……對了！說到報紙就想到節目表！就是這樣，今天推薦的節目是節目播送完畢之後的彩色條紋訊號！一直盯著看，最後轉一圈，就會感到莫名的快樂！雖然我不會做！

還有說到報紙就想到……啊，氣象預報！我來告訴你氣象預報吧，那邊的你！

嘿嘿。呃——今天的地球不會有巨大隕石傾盆而下，以行星規模來看算是和平吧！……嗯？地區性的晴雨與氣候？那與隕石相比只是微不足道的問題吧！自己用手機查，手機！

呼，今天的報紙不太一樣呢……那邊正在電車上看報紙的你！注意到了嗎？你現在因為我撿回一條命。原本翻開報紙想要看氣象預報和節目表時，不小心撞到旁邊全身是毛的人的手，正打算開口道歉，卻發現那個不是人而是熊！就是這樣的發展。真是太好了！……喂！不能看旁邊！視線對上會很危險！只要感謝我就好！

那麼進入正題，我櫻野玖璃夢為各位送上今天的主要新聞！鼓掌鼓掌鼓掌鼓掌！

首先是政治新聞！今天碧陽學園學生會長櫻野玖璃夢，一邊吃著火腿蛋一邊正式發表聲明，宣布放棄參選一直很期待的美國總統選舉。理由是「我不是滿足於一個國家的人才」。

接下來是體育新聞！引起球界震撼！碧陽學園球技大賽出現衝擊的打假球疑雲！昨天在球技大會舉行的躲避球項目，一名學生對因為驚恐而含淚逃竄的我櫻野玖璃夢投出無力的球這件事明朗化！關於這件事，目睹事情經過的前職業棒球選手帶著笑容說出「那真是溫馨啊——」問題發言！球界的腐敗在此浮現！

最後是影劇新聞！獨家！清純派偶像不為人知的密會生活以及過夜！發現以校園偶像聞名的美少女學生會長，我櫻野玖璃夢陷入熱戀！對象是隔壁阿姨飼養的貓咪，總是接受我的餵養的貓咪小咪，母貓，三歲！熟悉業界的關係者透露，隔壁阿姨昨天決定在旅行期間寄養貓咪，她終於……終於與貓咪共度一夜！早上被目擊到走出家中的櫻野帶著興奮的語氣表示：「好可愛！肉球好有彈性！而且暖呼呼！」

好了好了，那麼接下來是——呃，咦，該不會沒有篇幅了吧？怎麼這樣，我的畫圖單元還沒出場！呃——呃——那就……

今天也請各位展現活力吧！

※忠實引用採訪錄音撰寫新聞稿。

推廣的學生會

「廣受男女老少的歡迎，才叫真正的娛樂！」

會長一如往常挺起小胸膛，得意地說著從書裡看來的名言。

聽到這句話，我以副會長的身分點頭同意：

「我懂了。也就是說一直拍攝女性腳踝的影像之類的吧？」

「認知太狹窄了！那只是迎合非常狹窄的層面吧！才不是，以動畫來說就是類似吉○力的作品！所以今天的議題是『該怎麼做才能夠讓更多人知道我們的活動』！」

由於已經提出議題，我以今天臨時會議的唯一參加者身分提出意見：

「簡單來說就是想要傳達給之前沒有傳達的人……」

「沒錯沒錯。」

「拜託全國的佛具店擺在收銀機旁邊吧。」

「會有效果嗎！『哎呀，買佛具也順便買一本這個好了。』有可能嗎!?」

「那麼放在東○圭吾老師的作品旁邊，以類似系列作的方式……」

「這是詐欺！只是普通的詐欺！杉崎，我們活動不是為了賺錢！只是純粹希望日本展露笑容！」

「原來如此。聽到這番話的我現在想到超有創意的嶄新推廣方式。」

「咦，什麼什麼？要怎麼做？」

「首先準備伊達〇人名義的信。」

「嗯，已經不用再說下去了。」

「啊，車內販售如何？」

「喔——雖然平凡卻是難得正經的意見！是那個吧，在新幹線之類的地方——」

「不，是護送車內。」

「賣不出去！『入獄服役，要順便買一本嗎？』這種話，絕對不可能說出口吧!?」

「對了，就現代意義來說，還有以數位方式發售。」

「啊，這個不錯！如果能用智慧型手機之類的地方來看——」

「咚嗞嗞嗞咚，咚嗞，咚咚嗞咚咚……」

「為什麼是摩斯密碼！既然要做就用最新技術！」

「那麼等待話題中的晴空塔完成……」

「嗯嗯。」

「從瞭望台上撒下小說之類的。」

「對晴空塔太大才小用了！不是這樣……啊——真是的！我只想要刊登在能讓全國各式各樣的人看到的媒體！像是報紙那一類！」

「那就這麼決定。」

「咦？」

「只有會長COSPLAY太狡猾了！」

by 真冬

魔法少女玖璃夢☆泡泡

發現名為玖璃夢的少女時，泡泡懷疑自己看錯了。

「（多麼……多麼不尋常的魔力喵！）」

以窺視魔法「貓視窗」看著她的泡泡，雙眼有如月亮閃閃發光。沒錯，他一直在尋找，尋找能夠對抗盡情蹂躪輕飄飄樂園「食魔王」的人類！

「櫻野玖璃夢！與我締結契約，成為魔法少女喵！」

「哇——我願意——！」

面對會說話的魔法貓也沒有任何疑問，馬上答應我的請求。

就是這樣，泡泡與櫻野玖璃夢的漫長戰鬥就此開始……就各種意義來說。

「全校同學！會長我從昨天開始，正式成為魔法少女了！」

「突然揭露真實身分喵——！」

玖璃夢打從第一天就做蠢事，但是她的愚蠢不只這件事。

「玖璃夢！敵人似乎出現喵！趕緊行動喵！」

「啊，抱歉，今天變身的次數在剛才福利社買麵包時用掉了。」

「妳把魔力用在哪裡喵——！怎、怎、怎麼辦喵！復興輕飄飄樂園必要的七顆創世寶石『軟軟寶石』其中一顆被奪走喵！」

「別擔心，先讓敵人去收集，等到收集完畢……我再把全部搶過來就好！」

「總覺得想法很像真正的大魔王喵——！」

於是完全不戰鬥，只為自己使用魔力的生活持續了一陣子。

「呼哈哈哈哈，已經沒有我做不到的事——！世界啊，臣服在我的腳下吧——！」

「完全是不該得到力量的人喵！啊！玖璃夢！敵人似乎終於湊齊七顆軟軟寶石喵！趕快搶回來喵！」

「啊，是嗎？真是沒辦法……變身！然後瞬間移動魔法！咻——！」

「那、那是喵！啊，那個黑色斗篷……是食魔王本人喵!?糟糕喵，得趕快——呃，啊啊，已經轉移喵！為、為、為時已晚喵——！」

「沒問題的，泡泡。我的魔法……能讓時光倒流！」

「多麼驚人的成長速度喵！真希望妳一開始就拿出鬥志喵！」

「就是這樣，時間倒流&瞬間移動！來到和平的泡泡樂園！」

「真是厲害過頭喵！不過這樣——」

「姆姆。這個輕飄飄樂園……總覺得都是用好吃的東西做成的！」

「啊，確實是這樣沒錯喵。這裡是一切都用點心做成的世界——」

「……流口水。」

「咦？」

「……我……我要把這個世界吃光——！變身暴食模式——！」

「咦咦咦咦咦咦咦!?啊，那個模樣！妳……妳就是食魔王喵——！」

「姆姆，嚼嚼，姆姆，嚼嚼。」

「啊啊……輕飄飄樂園正在被吞噬……怎麼會這樣……」

「嗝……咦？已經沒東西了？」

「國土瞬間被吃光喵——！嗚嗚，多麼可惡喵。大家喵……」

「啊，放心吧，我事先把全體國民轉移到時間凍結的異空間。」

「嗚嗚，可是還來喵——！把輕飄飄樂園的景觀還來喵——！」

「本來就打算這麼做！可是時間倒流會用掉大量魔力……啊，我去拿軟軟寶石。這麼一來一切就能恢復原狀！那麼我去去就回——然後我回來了——！」

「好快！」

「飛去未來很簡單——我去了每個敵人出現的地方和時間之前——」

「……這齣不得了的鬧劇是怎麼回事喵！」

「就是這樣，輕飄飄樂園恢復原狀——」

「喔——！景色……輕飄飄感復活喵！雖然心情有些複雜，不過還是謝謝妳，櫻野玖璃夢！」

「姆，沒什麼！那麼我要回去原本的世界了！極盡殘虐之事——！」

「啊，等一下，櫻野玖璃夢！為、為了答謝妳，傳授妳『消除魔力與記憶』這個咒語喵！回去之後可以試著在校園使用喵！這是會出現許多點心的咒語喵！」

「咦，真的嗎!?哇——謝謝！再見囉——！」

「BYEBYE喵——！……呼。哎呀呀，真是喵……………」

吃了不少苦頭的泡泡，露出有點無奈的表情看著她消失的空間。然後默默拖著長尾巴，回到自己完全恢復的家。

沒有家人的他，在空無一人的屋子裡露出有些寂寞的表情。

在寂靜的室內，聲音孤獨迴盪。

「…………其實還挺有趣喵……」

就是這樣。

他打開「透過貓咪的圖畫看到其他世界的魔法」，人稱「貓視窗」，無時無刻……一邊愉快地搖晃尾巴，一邊看著櫻野玖璃夢的校園生活。

「要是認為只有碧陽學園是特殊的，那就大錯特錯了。」

by知弦

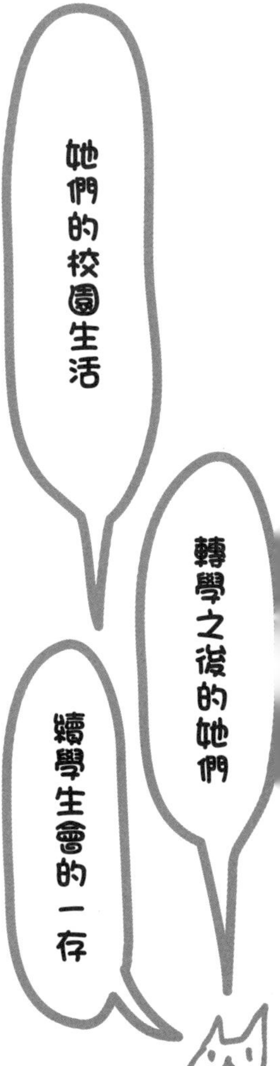

她們的校園生活

「與其追究學問，累積人生經驗更重要！這才是大學生活的真髓！」

小紅一如往常挺起小胸膛，得意地說著從書裡看來的名言。

我跪坐在熊座墊上，給雙手扠腰站在床上的她忠告：

「小紅。之前我應該說過，小紅把大學生活想得太輕鬆了。」

聽到從入學考試時我就告訴過她不知道第幾次的發言，小紅露出從當時開始不知道第幾次的裝傻表情說道：

「妳在說什麼，知弦！我當然知道。大學生的本分就是玩樂！」

「我說小紅，學生的本分不管是國中、高中還是大學都是——」

「玩樂是吧？」

「原來不只是大學!?」

對她來說，所有學生生活的中心似乎都是玩樂。我不禁用手撐著額頭，小紅則是一屁股坐在床上。

「可是大學玩得更瘋！翹課打工參加聯誼度假水上運動還有烤肉！這才是我所聽到的大學生！」

「聽誰說的!?」

「《愛情○皮書》和《Ora○ge Days》和《求○大作戰》之類……」

「都是連續劇嘛！而且有點過時！那都是典型的創作！」

「咦，可是打從入學起我就時常聽到聯誼的話題。雖然沒人找我參加。」

部分學生的身影浮現眼前。的確……努力過著小紅說的那種大學生活的人，其實出乎意料地多。

由於小紅一直盯著這邊，我輕咳一聲，決定換個應對方式。

「……嗯，雖然不是沒有，可是那畢竟不是本分。妳應該知道吧？」

「嗯，我知道。那樣很不認真。」

「沒錯。妳終於理解了，小紅。認真的學生應該好好——」

「熱衷社團活動，對吧！」

「小紅!?」

「就是這樣，知弦。今天我想由我們自己組成社團！」

「咦咦!?等、等一下，話題加速的方式比學生會時代還快，老實說我跟不上——」

「好，出發！」

小紅從床上跳下來，順勢拉著我的手跑出去。

「等等，別拉——我今天明明沒有課！」

「沒問題！我今天也是自主不用上課！」

「那樣不叫沒問題吧!?」

就是這樣，今天的小紅也是一如往常的小紅。

*

我，紅葉知弦與小紅，櫻野玖璃夢開始大學生活大約一個月。

在就讀從老家坐電車大約兩個小時的這所大學期間，我和小紅住在同一間女生宿舍。連吃飯睡覺都可以和她在一起，身為小紅迷的我當然開心得不知該如何是好……

「人果然需要朋友！多虧有知弦，事情進行得很順利！」

「唉……」

我以死魚眼看著心情很好邁步走在校園，把申請社團活動的文件抱在胸前的好友。

照這樣看來，別說是大學，連宿舍都一起的做法或許有些失敗。說有趣當然很有趣……倒不如說身為她優秀後援者的我，在一天二十四小時在一起的狀況下，有種越來越壓不住小紅「突然暴走」的感覺。

至於要說最大的問題……

「嘿嘿，太好了知弦！好期待社團活動！」

「……是啊。」

她每次像這樣……由下往上露出最燦爛的笑容時，我只能全力回應她的期望！啊啊！要是我將來有小孩，搞不好會變成寵壞小孩的母親！感覺只會順從孩子的撒嬌！KEY君也像是會討好小孩的類型，這樣一來，父母親都很寵小孩——呃，我在想什麼！為什麼很自然地把KEY君設定為父親!?

「咦？知弦怎麼了？頭上冒出蒸氣囉？」

「……沒、沒什麼。小紅別在意……」

「唔？嗯。」

我一邊用雙手按著熱到可以煎蛋的臉頰一邊走在路上……咳咳。要切換想法！我決定集中精神在社團話題上。

「那麼具體來說，妳想成立什麼樣的社團？」

「超級有趣的社團！」

「也就是說完全沒想吧。」

「嗯！」

她露出會心的笑容點頭。我嘆口氣之後，一如往常提案：

「不然這樣好了，小紅。小紅今天就和平常一樣乖乖在學校上課。至於今天沒什麼事的我就一邊陪小紅上課，一邊一起研究社團活動怎麼樣？」

「可以嗎？那就這麼決定！耶——還可以拿到學分，真是一石三鳥！」

「先不管第三隻鳥是什麼，看到妳高興我也很開心。好了，趕快去上課吧。那麼今天的第一堂是什麼課？」

「呃……等我一下。」

小紅邊走邊翻找東西，從包包拿出筆記本，確認課堂名稱。

因為過著大學生活，課堂果然還是各自選取適合自己的分類，老實說我不太清楚小紅選修的課程。

不過既然是小紅，選的應該都是輕鬆愉快的課程吧。

當我如此心想時，小紅從筆記本找到今日課表，說聲「呃——什麼什麼。」之後開口：

「『從哲學的觀點看到在加熱環境下——』」

哎呀，她居然選了頗有深度的課——

「『——酵母菌的活動』！」

「只是讓麵包膨脹吧！」

我忍不住從小紅手上搶走筆記本加以確認。即使懷疑她的認知有誤，不過上面的內容是校方發行的講義，所以似乎沒錯……

「為什麼會有這種沒有任何好處的課程……」

「嘖嘖嘖。妳太天真了，知弦。這堂課很深奧的，應該。因為名稱寫著哲學。雖然我也是第一天上課，不過一定是很高尚的一門課！」

「是、是啊。因為寫著哲學嘛，應該不會太單純。」

「一定是這樣！好了，走吧！去上高尚的課！」

「嗯！不知為何我反而開始期待了！這很有可能是一堂很厲害的課！」

就是這樣，好了，去上哲學的酵母菌活動課！

過了大約一個半小時。只見我們一邊吃土司一邊大步走在校園。

「…………」

兩人無話可說，一邊咀嚼麵包一邊走著。

「…………」

沒想到真的只是做麵包的九十分鐘。這是怎麼回事。

因為剛烤好，即使沒加任何東西也能嚐到微微的鹹味和甜味……

「…………」

剛出爐的麵包真好吃。

好歹也是上了九十分鐘名為哲學的課程，得到的情報只有這個。就這個意義來說，是一堂難得體驗的課程。

「好了，打起精神來。」

小紅一口氣把麵包吞下去之後開口。感覺起來是讓她有必要說出「打起精神來」那種話的辛苦課程。

「在下一堂課之前，去看一下布告欄吧，知弦！我要找打工！」

「打、打工？小紅嗎？」

「嗯！我要認真參加社團活動和打工！這是我聽說的大學生！」

「所以說那是來自誰的情報……」

我雖然開口吐槽，還是在小紅帶領下往學生輔導中心的方向走去。小紅打工……不行，腦中完全無法浮現那個畫面。

「啊，是玖璃夢！」「呀——今天也很可愛——！」「軟綿綿的！」

雖然沿路以超高機率被擦身而過的學生稱讚，最後還是抵達布告欄。

我也是第一次看到，布告欄貼滿徵人廣告。喔，原來這所大學有這麼多的打工資訊。

小紅兩眼閃閃發光盯著布告欄。

「知弦！知弦！好多工作！好棒喔！」

「是啊，這麼多裡面或許有適合小紅的工作。」

「就是說啊！對了，知弦，可以得到天鱗的G級任務是哪一個？」

「沒有那種工作。」

「咦——……那麼只有S級魔導士才能接的S級任務呢……」

「等妳有機會所屬《妖精〇尾巴》之類的魔導士公會再接吧。」

「這樣啊，真可惜。沒辦法了，一個一個尋找看起來不錯的工作——」

「就這麼做吧。」

於是小紅一個不漏地開始確認徵人廣告，我則是心不在焉地看著布告欄。要是有花店之類的工作，似乎很「符合個性」……

「知弦、知弦！這個這個，這個怎麼樣！」

「嗯？」

小紅拉拉我的袖子。似乎找到不錯的工作。我確認她伸手指出的徵人廣告。

〈前往無人島生態調查的同行者　＊廣大徵求熟悉當地地理，擅長求生技術的導遊。必要條件：持槍執照〉

「小紅不可能！」

「我聽說只要展現幹勁就能通過打工面試。」

「所以說是聽誰說的!?這可不是有幹勁就能做的工作！」

「我聽說只要有心，工作什麼的之後都可以學。」

「所以說那是誰告訴妳的情報！至少在這個工作上，只有幹勁才是最危險的類型！也會給對方添麻煩，拜託不要！」

「是嗎？真是沒辦法……那麼……」

「做點……比較輕鬆的工作吧，小紅。」

沒錯，她應該做些誰都可以做、輕輕鬆鬆、不用思考、不需要技術就能完成的作業——

「啊，知弦看這個！技術經驗證照什麼都不需要，薪資卻很高！」

「咦——有這麼好的工作嗎？真是太好了。」

真不愧是學生專用布告欄，似乎有一些求職情報雜誌上面沒有，當地居民提供待遇不錯的工作機會——

〈事後不留麻煩的關係　＊限女性！　只是一起喝茶的單純工作內容！〉

我二話不說把那張紙從布告欄拿下來，盡情撕成碎片。

「啊——！知弦，妳在做什麼！那是只要喝茶就能得到高薪的工作！」

「嗯，小紅，雖然我的確說過輕鬆的工作比較好，不過這個輕鬆過頭了。」

就各方面來說都是如此。完全無法理解的小紅雖然一臉茫然，不過也不是那麼堅持，馬上回到布告欄尋找下一個工作。

……話說回來，這個學生輔導中心是怎麼回事……為什麼這種徵人廣告能通過？不，這說不定是誰的惡作劇。沒錯。在這種貼滿徵人廣告的地方，貼出小徵人廣告的惡作劇，學生輔導中心就算沒有發現也是很合理——

「啊，知弦妳看！找到好工作了！正中間很大的那張！還附大頭照！」

「咦？附大頭照？」

原來如此，那或許是值得信賴的好工作。有負責人的長相，而且大大張貼在這個擠滿徵人廣告的布告欄。也就是說是學生輔導中心推薦的穩定工作——

〈WANTED　草帽魯〇　400000000貝里〉

「……等一下，小紅。」

「嗯？知弦怎麼了，要去尋找草帽先生嗎？」

聽到小紅不可思議的詢問，我……滿臉笑容地回頭。

「我去找學生輔導中心的職員玩一下。」

*

「哇——謝謝妳，知弦！」

「哪裡，不客氣。」

面對一邊走在校內一邊舉起一張徵人廣告的小紅，我露出溫柔的微笑回應。

「可是條件這麼好的工作，是怎麼拿到的？」

小紅會有疑惑也不是沒道理。我給她的那個確實是超出行情的工作。只要在學生協會幫忙做點事，就能拿到相當優渥的時薪。學生輔導中心持有的頂級隱藏工作……讓我想起大約五分鐘前，學生輔導中心職員一邊下跪一邊交出那個的模樣。

「我去跟學生輔導中心的人商量一下後，就馬上拿給我了。」

「嘿，原來是這樣！知弦果然很厲害！謝謝！」

「不客氣。」

看著把單子放進包包裡的小紅，我忍不住笑了。只要她開心就好。就這個意義來說，我要感謝腐敗的學生輔導中心。

「那麼差不多該去上下一堂課了，知弦！」

「了解，小紅……呃，下一堂應該是像樣的課程吧？」

一邊回想第一堂課的慘狀一邊詢問，只見小紅挺起胸膛回答：

「沒問題！接下來在我選修的課程中，是看起來最難的！」

「小紅又做出不合理的選擇……」

不過如果真是這樣，至少不會被逼著做麵包。

小紅打開筆記本確認課程名稱，接著唸出來：

「呃——『從全球化社會的地球規模競爭與東羅馬帝國時期歐洲的對比，來看日本的未來——』」

「聽起來好像很厲害。」

老實說不像小紅能上的課……不過還是比做麵包有收穫——

「『——或者是酵母菌的活動』。」

「或者是!?」

我從小紅手中搶走講義加以確認……上、上面真的這樣寫……這是什麼！怎麼回事！

就連小紅本身似乎也注意到課程名稱的陷阱，一臉難為情地替自己找下台階：

「可、可是妳看，只是『或者是』。其實是像樣的課程。」

「沒、沒錯。一定是那個。在酵母菌相關課程因為某些因素暫停之類的狀況，所以換成那種課程——應該吧。」

「絕對是這樣！好了，這次一定要打起精神，去上高尚的課程吧，知弦！」

「喔——」

就是這樣，我們兩人硬是打起精神，去上第二堂課！

過了大約一個半小時。只見我們一邊吃著土司一邊大步走在校園。

「…………」

兩人無話可說，一邊咀嚼麵包一邊走著。

「…………」

沒想到重覆修習完全相同的課程。這是怎麼回事。

因為肚子有點餓，雖說是第二次，剛出爐的麵包真好吃。

「…………」

好吃的麵包不管吃幾次還是很好吃。

上了相同的課程兩次，終於得到的知識只有這樣。

「……知弦。這是為什麼，我有點想哭。」

「太湊巧了，不知為何我的心情也一樣。」

兩人因為情緒低落而低頭。

走了一會兒，我為了讓小紅振作精神而提議：

「差、差不多中午了小紅！我們去學校餐廳吧！」

「……肚子不怎麼餓。」

小紅把似乎還在口中的麵包吞下之後回應。

我試著想辦法讓她打起精神。

「話、話是沒錯。那、那個，吃點簡單的東西……」

「簡單的東西？」

「說到簡單的東西，例如三明治——」

「…………」

「——不對，呃，那個，像是沙拉還是甜點之類的。」

「……唔——嗯。」

「對、對了！而且也還沒討論社團活動的事，這樣剛好！對吧？對吧？」

「……嗯。既然知弦都這麼說了。說得也是，我想討論一下社團的事！」

小紅終於打起幹勁。

我如釋重負地輕撫胸口，往附近的學校餐廳走去。由於大學很大，有好幾間學校餐廳和學生協會。距離我們現在最近的學校餐廳，是我們還沒有去過的地方。

「哇啊——這裡的選擇好多，知弦！要吃哪一種好呢！」

完全恢復心情的小紅跑向餐券自動販賣機……話說回來，廣大的學校餐廳學生意外稀少。因為這樣，我們可以在餐券自動販賣機前面慢慢點餐……

「吶吶知弦！這個！我要吃這個！好像很好吃！」

在我感到有點懷疑時，小紅似乎已經選好了。

「嗯？要哪一個？」

我彎腰看著她所指出的餐券自動販賣機。

〈布丁與鮮奶油蛋糕的黑糖漿組合～淋上大量的楓糖漿～〉

「…………」

終於理解這間學校餐廳沒什麼人的理由。仔細一看，其他餐點也是……

〈鍋燒鹽漬鮭魚～焦香醬油調味～〉

〈淋滿檸檬汁的糖醋里肌～加量五個梅子～〉

〈燈籠辣椒～歡迎單點（近期預定進貨「鬼椒」～）〉

等等……就某個意義來說，傳達出一貫的志向與問題。

不過這些看在小紅眼中，似乎顯得「很好吃」。只見她的眼睛閃耀光輝，忙著物色其他餐點……不、不過名稱「乍看」起來確實很好吃……嗯。

雖然這麼說，現在過去其他餐廳也很浪費時間。再說小紅也躍躍欲試，沒辦法的我只好把這裡當成午休地點。

迅速點餐完畢之後來到靠窗座位。這是個能夠眺望校園風景的好位置。看到這麼好的座位空著，內心不可能完全沒有感覺。先不管這個，作為聊天環境倒是不壞……中午以外的時間，說不定會有不少人。

「那麼知弦，關於社團的事。」

小紅一邊把叉子刺進不改初衷的〈布丁與鮮奶油蛋糕的黑糖漿組合〉一邊開口……光看就讓人覺得嘴巴發甜。

「嗯嗯。」我隨口回應，將與小紅一起點的咖啡〈無糖黑咖啡～加入當藥茶～〉送進口中——的瞬間。

「好甜！」「好苦！」

兩人同時大叫出聲。同樣置身這家學生餐廳的其他學長姊們以像是在說「歡迎來到我們的世界」的溫馨視線，一起看著我們。

「知弦，我要喝咖啡。」「小紅，可以給我吃一口嗎？」

兩人交換餐點想要改變口中的味道。不過結果當然是——

「好苦！」「好甜！」

彼此只是改變難吃的方向……話說回來，這是怎麼回事？

回過神來，我和小紅已經再次交換食物。然後再次……一次又一次、再一次。這才發現兩人的餐點都減少一半……

「這是什麼，莫名地停不下來，知弦！」

小紅一邊吃布丁一邊流淚。那個表情絕對不是因為高興。

不過——

「因為是以最壞的方式追求無法控制、停止不了的食物。在想讓口中的味道變苦以及變甜的情感反覆操弄……結果就是停不下來！」

無法自拔、有如毒品的餐點。周圍的學長姊們以彷彿在說「是吧？」的視線看著我們。你們這是什麼態度？實在不值得尊敬。

於是我們很快把食物吃完，為飯後拿來的普通冰水的美味感動了一下，終於開始社團活動的話題。

「小紅，具體來說妳想要什麼樣的社團活動？」

「當然要有趣！所有人盡情玩樂歌頌青春的感覺！」

「那不就是學生會嗎……」

「不，不是這樣的！而是更有大學生感覺的活動！像是……愛好水上運動，所有人一起住在小木屋！」

總覺得她想要的似乎是典型的現充大學生活。老實說不太像是小紅會有的希望，不過我還是以那個方向繼續說下去：

「那麼先決定社團宗旨和名稱吧。只要先成立社團，再來朝著小紅目標的活動內容努力就好了。」

「沒錯！如果是同好會的等級似乎可以自由成立，不過如果校方核可，甚至可以分配社團辦公室和輔助經費。」

小紅一邊確認攤在桌上的申請文件一邊開口。我點頭回應：

「沒錯。所以現在要做的就是思考怎麼包裝成既認真又健全的活動——」

「社團名稱『只是玩玩而已』。活動內容『大家順從欲望接觸』……這樣。」

「為什麼要用這麼有問題的寫法！」

我一把搶走擅自填入的申請書，小紅有些不滿地嘟起嘴巴。

「難得用我特有的艱深詞彙來寫……」

「這樣太適得其反了，小紅！寫些健全一點的內容！」

「既然知弦這麼說……」

小紅從包包拿出新的影印紙。似乎事先多拿了幾份申請書。

她用筆敲敲額頭，稍微煩惱了一陣子，重新開始填寫。

「社團名稱『松岡○造網球社』。活動內容『更加熱血！』」

「的確很健全！健全過頭了！」

總之提醒小紅不可以擅自冠上名人的名字。小紅則是顯得非常不滿。好不容易填入的內容不斷遭到否決，想必很不甘心吧。

我為了轉變氣氛，於是提議：

「那麼在填寫之前，還是先決定社團名稱吧。」

「嗯，說得也是。這樣也不錯。姆……要取什麼名字好呢？」

「既然目標是得到大學的輔助經費，簡單又正經的名字比較好。」

「『棒球社』。」

「嗯、嗯，的確簡單又正經。不過大概已經有人用了……而且又是大學的社團活動，可以稍微加入潮流感——」

「『古典社』」。

「就某種意義來說確實跟得上潮流，而且簡單又正經！不過很可惜，還是要駁回喔，小紅。簡單、正經，而且充分表達我們的活動內容，盡可能不要太過艱澀，這樣的社團名稱是最好的。」

雖然自己這麼說，不過這個要求或許太困難，不禁感到後悔……不過意外地是小紅的表情一亮，以像是在說「就是這個！」的模樣說道：

「『玩社團』！」

「就某種意義來說算是一百分的回答！」

如果這是考試，會忍不住給◎的地步！不過很可惜，還是駁回！

由於小紅「姆姆姆。」陷入沉思，我在此伸出援手。

「對了對了，剛才也說過，因為是大學的社團活動，不加上『社』也沒關係喔？倒不如以更加直接的名稱吸引學生參加……對了，像是『俱樂部』就很好——」

「『喲——要不要一起參加俱樂部？俱樂部』」

「小紅!?俱樂部的語氣聽起來好像不太對勁!?」

「我試著以杉崎為發想。」

「向KEY君道歉！就算是他也沒有這麼輕浮！還有也要禁止說話的句子！用普通的『水上運動俱樂部』或是『娛樂俱樂部』之類就好。」

「咦——總覺得不夠震撼。」

「……嗯，的確，既然有那麼多社團，為了吸引學生加入，或許多少需要一點噱頭。」

「『末日之戰俱樂部』。」

「似乎可以當成小說書名！的確有噱頭，不過不符合活動內容！要更簡單明瞭、有我們的風格、隨性、聽起來不錯的……」

自己也知道要求的難度再度提高，但是不這麼做，答案會太過自由，所以這也是沒辦法的事。小紅聞言果然也開始煩惱……本來以為是這樣，不過她再次輕鬆地……帶著滿臉笑容，直截了當回答：

「『玖璃夢俱樂部』。」

「又是就某種意義來說一百分的回答！」

語感不錯、隨性，也簡潔表現活動內容！她的腦袋其實很好，不過——

「可惜還是駁回，小紅。」

這麼一來，恐怕沒有希望得到大學的輔助經費。

「是嗎……說得也是。聽起來很像『苗條○樂部』吧。」

雖然我不是這個意思，不過小紅似乎可以接受，那就先放在一旁吧。

就在進行這樣的對話同時，下一堂課的時間逼近。老實說發現什麼都還沒決定，兩人都有點沮喪，不過上課時間快到了，只好從椅子起身。

把餐具放回去，一邊在學長姊們類似「下次再來喔，新生們」的噁心視線守護下，一邊走出餐廳。

走在走廊上的我為了轉變有些沉重的氣氛開口：

「那麼小紅，下一堂課是什麼課？該不會又是什麼酵母菌吧。」

發笑的同時，以真心感到有些害怕的心情詢問。

小紅聞言露出包在我身上的表情，挺起胸腔回答：

「放心吧知弦！我剛才在餐廳拿出課表確認過了……下一堂課……好像完全沒有寫到什麼酵母菌——！」

「喔喔——」

忍不住感到佩服。不，一般也不會寫酵母菌。就今天的狀況來看，大約有九成機率下一堂課也會遇到酵母菌……

小紅面帶苦笑說道：

「酵母菌的課若是只上一次，還算滿有趣的。」

「的確。如果不期待哲學的內容，做麵包本身其實沒那麼糟。」

「嗯。老師也是擅長教學的人。」

說不定真是如此。話說兩堂酵母菌的課都是她……外表意外漂亮的年輕教授。對了，現在回想起來，她長得好像某個人。是誰呢…………太在意麵包的事，想不起教授的名字。

在我想要利用課表確認名字時，小紅看了一眼手錶突然開口：

「啊，知弦，我們好像悠閒過頭了！再不快點下一堂課要開始了！」

「啊，真的。趕快走吧。」

「嗯！」

雖然不至於因此改用跑的，不過集中精神加快走路的速度。

突然想起還沒聽到下一堂課的名稱，保持步行速度詢問小紅：

「對了小紅，下一堂課叫什麼名字？」

聽到我的問題，小紅露出笑容回答：

「哼哼哼——下一堂課好像也有點艱深喔，知弦。」

「真的嗎？應該又是名字很長的課程吧。」

「嘖嘖嘖。妳太天真了，知弦。下一堂課不是那樣！以字數來說，五個字！而且最後是以『概論』結尾，簡潔又高尚的課程！」

「嘿，原來如此。」

的確，如果是取名「概論」的課程，應該沒有酵母菌介入的餘地。看到小紅自信滿滿的態度，應該不至於是「烤麵包概論」。

就在我為終於可以上今天第一堂正經課程感到安心時……小紅信心滿滿地說出那堂課程的名稱：

「名稱就叫『佛卡夏概論』喔，知弦！」

過了大約一個半小時。只見我們一邊吃著麵包一邊大步走在校園。

我們一邊咀嚼麵包，一邊走在沒有其他學生的寂靜走廊上。

開始西沉的太陽把我們照得通紅，小紅垂下肩膀說道：

「……抱歉，知弦。我不知道佛卡夏就是義大利的扁麵包……」

面對沮喪道歉的小紅，我露出溫柔的微笑回應：

「沒關係，小紅。妳看，反正也不是麵包。」

雖然是味道十分類似的食物。然後同樣也是那個老師。

然而就算我幫忙打圓場，小紅的情緒還是很低落。以她來說，難得這麼久還無法振作。

「嗯？怎麼了，小紅？」

面對我的問題，她只回了一句「嗯……」然後沉默。就在我擔心到底是怎麼回事時，小紅不知為何再次向我道歉：

「真的很抱歉，知弦……」

「嗯？那個……小紅？麵包三連發的事，也不用這麼在意……」

「不是這樣的。」

「？」

這時小紅停下腳步，直直地看著我的眼睛，有些不得已地開口：

「不能讓妳過快樂的大學生活，很抱歉……知弦。」

「啊？」

完全搞不懂怎麼回事的我一臉不解。至於小紅則是認真地……用力握緊包包，微微低頭繼續說道：

「昨天……聽課堂上坐在隔壁的同學說因為辛苦考上大學，入學之後一個人住打工加入社團活動參加聯誼，可以毫無顧忌地做各種事，現在過得非常充實。周圍的人好像也都是這樣。那個同學說這些話時，看起來真的很開心。」

「呃……那是？」

搞不懂話題之間的連結。只不過對於小紅今天突然提到現充大學生活這件事，突然有點懂了。原來如此，她真是容易受到影響……

只見小紅不知為何露出打從心底感到懊悔的表情：

「雖然我不太清楚那些事，不過我覺得大家一定都是……打工加入社團參加聯誼……成為大學生之後，覺得那樣很快樂。」

「呃……小紅？那種事因人而異，而且我覺得小紅只要做自己快樂的事就好──」

「可是知弦不一樣！」

「──咦？」

小紅的眼眶有些濕潤，認真地看著我的眼睛。

「知弦……和我不一樣，是很成熟的大人。很像樣的大學生……可是知弦任何時候都陪著我……一直照顧我……所以……所以……」

「…………」

終於全都理解了。

我感到有些無奈，一邊嘆氣一邊走向小紅，把手放在她的肩上。

「所以妳才會說出想進行社團活動，試著找打工吧？」

「……嗯……那個，烤肉好像有點花錢……」

「妳這個笨蛋。」

我彎下膝蓋，抱住為之消沉的小紅的頭緊緊靠在我的胸口。真是的……一點也不像大學生的孩子。真的和三年前一樣完全沒變。隨便誤解別人……沒用……最重要的是為了朋友拚命努力。

「……還有烤肉也要磨練求生技術。」

「妳到底想辦多麼奇特的烤肉。」

啊啊，所以她一開始才選擇那個打工吧？真是的，真是個思想偏頗的孩子。然後……也是令人憐愛的孩子。

我用力抱緊她的頭。在小紅發出「哇噗？」聲音時，我把臉靠近她的耳邊再說一次：

「小紅是笨蛋。」

「嗚……我知道。就連能考上這間大學，也是托答案卡之神的福……」

看到更加消沉的小紅……我強而有力地開口：

「我最喜歡小紅了。」

「咦？知弦？雖然之前也說過，知弦果然是百合……」

「就算那樣也沒關係。」

「咦咦——!?」

小紅掙扎著想要逃離我的懷裡。不過我不讓她走，反而更加用力緊緊抱住她……在她耳邊低聲說道：

「我最喜歡小紅了。傳達給妳了嗎，小紅？」

「傳、傳達到了！傳達過頭了！可、可是我沒有那種興趣，放開——」

「因為是和這麼喜歡的小紅一起度過大學生活。當然每天都開心得不能再開心。」

小紅突然停止抵抗。

「知弦……真的嗎？」

「我沒有說謊。妳應該知道吧？我……不，我們前學生會的成員，大家都好好地把想說的話對著彼此說出來。所以就算分開感情還是一樣好，不是嗎？」

「…………嗯！」

原本繞到我背後的小手，緊緊地抱住我。

就這樣擁抱一陣子。突然感覺到有其他學生，我們就此分開。

兩人有些害羞地看著彼此露出微笑。然後……

「那麼回家吧，小紅。」

「嗯！回家吧，知弦！一起回去我們的宿舍！」

我們兩人和平常一樣，感情很好地踏上回家的路。

＊後續發展

「知弦知弦！社團活動申請通過了！」

「咦咦!?」

某天早上。小紅沒有敲門就衝進我的房間。

在我太過驚訝而停下準備教科書時，小紅難掩興奮地撲到我的床上，以趴著的姿勢亂踢雙腳，開心地唸著手上的文件：

「社團名稱『玖璃夢俱樂部』！活動內容『盡情享受大學生活！』。我用這個內容通過申請了——！太棒了！」

「咦咦!?等……真的嗎?」

不敢相信的我從她的手中搶過文件加以確認……那真的是正式通知書。

「到底是為什麼……」

面對一臉錯愕的我，小紅發出「嘿嘿嘿——」的聲音以及露出小惡魔的笑容，像是揭穿魔術祕密的模樣開口：

「其實真儀瑠老師的親戚好像在這間大學任教。」

「咦，是嗎?第一次聽到……」

「對啊。我也是上次和真儀瑠老師傳電子郵件時碰巧知道的!」

「可是那個和社團申請通過有什麼關係……」

聽到我的疑問，小紅以沒什麼大不了的模樣回答：

「我利用真儀瑠老師威脅教授!『如果不當我們的社團顧問，就把妳的親戚在碧陽學園各種濫用職權的事說出去!』這樣!」

「等一下。」

「哎呀，有沒用的顧問真好!」

「我說小紅……」

各個方面都很想吐槽，而且威脅是我的專利，但是現在不能使用強硬手段。面對這樣的狀況，小紅像是補充一般繼續說明：
「可是可是，我一開始的要求只是『來當我們的顧問！』喔？看吧，雖然還沒見面，不過真儀瑠老師的親戚是顧問，感覺還不錯吧！」
「這麼說來……的確沒錯。」
和學生會的感覺有點像。老實說，內心有點興奮也是事實。
小紅進一步說明：
「我原本以為只是同好會……那個教授卻擅自成立正式社團。真是太好了！」
「是嗎……」
總覺得無法接受……不過社團成立本身，我也單純感到高興。在我有感而發看著通知書時，小紅說聲「對了！」從我的床上站起來。
「社團辦公室好像也準備好了！知弦，距離上課還有點時間吧？我們過去看看！」
「……也好。去看看吧。」
就是這樣，我們前往大學的社團辦公室大樓。按照通知書上畫的小地圖走進大樓，在三樓最裡面發現看起來很像的房間。
「是那間！應該就是那間，知弦！」
「嗯，好像是這樣，小紅。」

我和打從心底感到開心，興高采烈的小紅一起往我們的社團辦公室走去。

……我們的社團辦公室嗎？

真沒想到取得這種場所的日子再度來臨。

「（如果繼續前進，還會有好事……嗎？）」

想起與前學生會成員的對話……真的是那樣。未來比想像中更加充滿光芒。

我們來到社團辦公室前面，看著原本只是猜測會有，貼在門上的社團名牌時，兩人的內心感到一陣溫暖。

〈玖璃夢俱樂部〉

接下來也將在這裡全力享受歡樂的大學生活——

〈——或是酵母菌的活動研究會〉

「原來顧問是妳啊啊啊啊啊啊啊啊啊啊啊啊啊啊啊啊啊啊啊啊啊啊啊啊啊啊啊啊！」

於是我們的社團〈玖璃夢俱樂部——或是酵母菌的活動研究會〉就此成立，包括顧問在內，那裡即將聚集各式各樣的成員……

那又是另外一個故事了。

轉學之後的她們

【序幕・戰況說明】

私立現守高中堪稱是「隨處可見」的普通學校。

雖然說是升學高中，不過知名度、學生的平均學力都不高，然而在大學升學率、就業率都有一定的成績，學校的平均程度也說不上有多差，就是這麼一所難以評價的高中。基本上是間沒什麼個性的學校。

……「曾經」是這樣。

那是在椎名姊妹轉學過來之前的事。

現在簡直是戰國亂世。

以椎名深夏為首的鬼神派。

以椎名真冬為首的女神派。

兩大派系每天展開激烈的爭奪戰，不分晝夜，在學校各個角落開戰，每隔一分鐘就改寫勢力圖。

衝突的種類十分多樣化。

體育對決、成績對決、現充成員人數對決、社會科參觀土產對決。

因為椎名姊妹的意願，不至於發展為武力衝突，反而因為這場鬥爭莫名提升學校的平均學力，教師群雖然為此感到高興，不過那是兩回事。

人類原本就討厭鬥爭。

最擔心這個狀況的人，就是身為派系之首的椎名姊妹本人。

她們多次呼籲自己的派系成員停止鬥爭。

就是這樣，終於正式舉行「鬼神派、女神派交流會」。

為期五天。從星期一到星期五的放學後，各派系會議結束之後，在體育館進行交流。椎名姊妹不參加交流。因為在她們眼前，彼此的派系成員不可能退讓。

交流的情況由現守高中校刊社社長丹下反華（以簡潔的文章傳達客觀事實受到好評。暱稱是丹丹）記錄。記錄會在隔天開會前交給姊妹，尋求意見反映到下次交流的方向。

雖然很多人反對這種做法，不過既然是仰慕的領袖下令，也只好接受。

於是為了結束長期的戰國亂世，他們的交流會就此揭開序幕。

【第一回交流會前．鬼神派會議】

位在多用途大廳。

椎名深夏站在整齊排列的鬼神派面前大聲說出注意事項。

「你們聽好了！仔細聽我說！」

「是！（今天的鬼神大人一樣英姿煥發！）」

「雖然才轉學過來一個月，不過我們姊妹真的很辛苦！這都是因為你們分成『鬼神派』和『女神派』才會時常引發爭執！」

「實在很抱歉！（今天午休的『第八次圖書館戰爭』也露餡了嗎……）」

「不過今天我要你們和睦相處！因為這是我和真冬為此拚命企畫的集會！」

「是的！（鬼神大人為了我們拚命……光榮至極！）」

「嗯，回答得很好。對了，你們完全沒有打起來，不管怎麼說，我知道你們都是本性善良的傢伙。」

「！（！被、被稱讚了！被鬼神大人稱讚了！這、這真是……）」

「所以我相信你們。突然開始這種企畫……老實說，有點沒頭沒腦——」

「……（喔喔～……被稱讚了……好高興……好高興……）」

「————所以，去交心吧！」

「是的！（啊！糟糕，沒在聽！呃，好像是用……拳頭？……！是這樣嗎！依照前後語意只有這樣了！好，走吧！）」

【第一回交流會前・女神派會議】

位在大會議室。

椎名真冬站在整齊排列的女神派面前說明注意事項。

「大家聽好了！請仔細聽真冬說話！」

「是的！（今天的女神大人一樣很夢幻！）」

「雖然才轉學過來一個月，不過我們姊妹真的很辛苦！這都是因為你們分成『鬼神派』和『女神派』才會時常引發爭執！」

「實在很抱歉！（今天早上的『臨近撿垃圾大賽』露餡了嗎……）」

「不過！今天要大家和睦相處！為了這個，真冬甚至削減遊戲時間與姊姊擬定了這個作戰！」

「是的！（讓女神大人削減遊戲時間……太高興了！）」

「回答得很好。雖然真冬在以前學校也遇過這種事，不管怎麼說，對於愛慕真冬的大家，真的非常感謝。」

「！（女神說……感謝？說我們的行為……值得感謝……這真是……）」

「所以真冬相信大家。由於今天是人數龐大的集會，以家裡蹲的真冬來說雖然有點戰戰兢兢，還是請大家一定要平安無事——」

「……（喔喔～……被感謝了……好高興……好高興……）」

「——請大家去交心！」

「是的！（啊！糟糕，沒在聽！呃，好像是拳頭……こぶいち，むりりん？……！是這樣嗎！依照前後文只有這樣！好，走了！）」

【第一回・鬼神派女神派交流會・結果報告】

・鬼神派、女神流會合之後，以極為溫和的氣氛開始交流。
・所有人與另個派系的學生一對一暢談。
・過了一陣子，所有人各自戴上帶來的手套。
・在「鏘！」信號響起的同時，開始開心互毆。體育館化為戰場——

【第二回交流會前・鬼神派會議・前半】

「為什麼！」
「……（啊啊，鬼神大人露出有如鬼神的表情……）」
「我昨天說過吧!?叫你們坦誠交心！」

「!?」

「咦，為什麼露出這麼意外的表情……」

「……深夏大人……不是叫我們用拳頭交心……」

「我才沒說!?是你們誤會了！都沒在聽我說話吧！」

「很抱歉！（咦，好像在哪裡聽到『拳頭』……）」

【第二回交流會前・女神派會議・前半】

「為什麼！」

「……（啊啊，女神露出生氣的表情……不過還是一樣可愛！）」

「真冬昨天說過吧!?請大家要平安無事……好好地交心！」

「!?」

「怎、怎麼了，那是什麼第一次聽到的表情……」

「不……很抱歉（聽錯了！聽成拳頭了！）」

「真是的，振作一點！」

「很抱歉！（怪不得覺得有點奇怪……一不小心就……）」

【第二回交流會前・鬼神派會議・後半】

「唉，既然做了也沒辦法。絕對要在今天的交流會扳回一城！」

「是的！（話說女神派的人也很配合……用拳頭交心。）」

「想要與人好好相處，從共通話題切入才是最好的方法。」

「與女神派的共通話題……（……動畫之類的嗎？）」

「聽說這所現守高中，去年全校流行鋼〇等等。既然這樣事情就好辦了，就從〇彈的話題切入吧！」

「是的！（鋼〇嗎……記得那個時候也是……不過既然鬼神大人這麼說那也沒辦法，就試試看吧。）」

「那麼，去吧！帶著熱情談論動畫！」

「了解！（今天沒有漏聽任何一句話！）」

【第二回交流會前・女神派會議・後半】

「既然做了也沒有辦法。今天好好補救吧，大家！」

「是的！（話說鬼神派的人也準備了手套……）」

「那麼關於今天的作戰。真冬還是覺得應該一開始就從興趣的話題切入！」

「興趣的話題……（這麼說來，去年因為動畫……）」

「聽說這間學校的學生似乎都喜歡○彈！既然這樣事情就好辦了！先以動畫的話題熱烈討論吧！」

「是的！（動畫嗎……好吧，既然女神大人說了，那就試試看……）」

「那就去吧！好好地討論鋼○！」

「了解！（今天沒有漏聽任何一句話！）」

【第二回・鬼神派女神派交流會・結果報告】

・鬼神派、女神流會合之後，以極為溫和的氣氛開始交流。

・與昨天不一樣，集團之間熱烈展開討論。

・會場的氣氛迎向最高潮。所有人加入對話，理想的交流會景象。

・十五分鐘後，地○聯邦軍　VS　吉翁○國軍的代理戰爭開始。會場淪為地獄——

【第三回交流會前・鬼神派會議・前半】

「為什麼！」

「實在很抱歉！（因為他們對基○・薩比大人不敬……）」

「你們為什麼這麼快就分派系啊！說啊!?」

「真不好意思。（其實去年就經常發生衝突……）」

【第三回交流會前・女神派會議・前半】

「為什麼！」

「實在很抱歉！（因為後半他們甚至開始說起超時空○塞F和蘭○派什麼的，身為雪○教信徒難免就……）」

「雖然叫大家討論動畫的話題，可是也不用熱血到那種地步！」

「真不好意思。（不過感覺女神大人有類似鬼神的部分……）」

【第三回交流會前．鬼神派會議．後半】

「唉，既然做了也沒辦法。而且這一次失敗可以說是事前沒有做足功課。還是把目光放在下一次吧。」

「非常感謝！（鬼神大人的心胸真是寬大！）」

「我也反省一開始就要求太多了。本來聊天應該從更無害的角度切入。」

「是的！（說不定真的有點太過突然切入核心！）」

「就是這樣，今天去進行更淺顯的對話！心不在焉，依照大概的狀況隨便聊聊就好。對了，不如就聊些天氣之類的話題！就算是無聊的對話，只要有『說過話』的事實，人們的交情就會變好。這是我在以前的學校學到的。」

「了解！（真不愧是鬼神大人！說的話好深奧！）」

【第三回交流會前．女神派會議．後半】

「總而言之，思考下一次吧。上次或許做了難度過高的要求，真冬已經有所反省。」

「沒有那種事！（女神大人真是充滿慈愛！）」
「有抱著特別情感的話題果然很敏感。那種話題還是應該到達某種階段再聊。」
「是的！（說不定真的應該避開彼此都有獨特見解的話題！）」
「所以說今天去進行更淺顯的對話！心不在焉，視現場狀況稍微附和就好。對了，食物的話題似乎不錯。就算是無關痛癢的話題，重要的是聊天這件事！這是真冬在以前的學校充分學習的事。」
「了解！（真不愧是女神大人！說的話好深奧！）」

【第三回．鬼神派女神派交流會．結果報告】

．鬼神派、女神流會合之後，以極為溫和的氣氛開始交流。
．或許是因為上次、上上次的反省，這次不是集團與集團的交流，而是由各自的代表（男學生）站著進行交流。
．以下把代表者的對話直接寫成原稿，同時附上用括號表示之後訪問的代表心聲。
鬼神派：「話說回來……就是那個啊。（啊——一下子就沒有話題了……）」

女神派：「是啊……是那個吧。（看來差不多可以聊食物的話題……）」

鬼神派：「最近有點怪怪的，感覺不上不下。（天氣的話題、天氣的話題。）」

女神派：「啊啊，沒錯。的確……（在、在說學校餐廳的味道嗎？原來如此。）」

鬼神派：「下星期好像有颱風（天氣的話題、天氣的話題……）」

女神派：「咦～泰風。泰風啊……那是咖哩嗎？（沒聽說……）」

鬼神派：「咦!?不、不是，我不知道什麼咯哩……（什麼意思!?）」

女神派：「是嗎？可是這麼一來，好像會有點亂……（學校餐廳原本就很多人……）」

鬼神派：「不不，別說有一點，根本就是亂七八糟。（好像是近年來最大的颱風……）」

女神派：「亂、亂七八糟!?有、有那麼誇張嗎……（再怎麼說也只是咖哩……）」

鬼神派：「笨蛋，別小看颱風！那會挾帶大量雨水、刮起狂風！（真的！）」

女神派：「魚水、狂蜂!?那是什麼，聽起來好不搭！（什麼意思!?）」

鬼神派：「啥啊？才不會！到時候甚至會有冰雹！（真是的！）」

女神派：「連冰豹都有!?咦，泰風會加入豹嗎!?（真的假的！）」

鬼神派：「呃，啊啊，喔……是啊，大概會有冰雹吧……（這傢伙怎麼了，好噁心。）」

女神派：「是嗎……豹啊……要怎麼……（要從哪裡進貨啊……）」

鬼神派：「是啊，慢慢往北移了。（播報員說的。）」

女神派：「慢慢北移!?咦，什麼，該不會用跑的過來吧!?（怎麼回事，好可怕！）」
鬼神派：「閃電當然用跑的。（畢竟是近年最大的颱風。）」
女神派：「連名字都有了!?（名叫『閃電』的豹!?我們要吃那種東西!?）」
鬼神派：「名、名字？不……好像是叫十七號……（誰知道叫什麼。）」
女神派：「這種稱呼好冷淡！有那麼不願意嗎！（閃電好可憐！）」
鬼神派：「啥啊!?你這傢伙搞什麼，從剛才就一直說些莫名其妙的話！（我生氣了！）」
女神派：「哼，鬼神派就是這樣才討人厭！完全沒有慈悲之心！」
鬼神派：「這句話是我該說的！拜託女神派的個性不要這麼奇怪！」

・之後演變成雙方人馬的大亂鬥——

【第四回交流會前・鬼神派會議・前半】

「為什麼會從會錯意風格搞笑短劇演變成打架！你們太厲害了吧！」
「真的很抱歉……（寫成原稿之後，終於發現真相……）」

【第四回交流會前・女神派會議・前半】

「為什麼會從錯意風格搞笑短劇演變成打架！你們是故意的嗎!?」

「沒有那種事！（老實說連我們自己也嚇一跳！甚至覺得有點感動！）」

【第四回交流會前・鬼神派會議・後半】

「唉……我突然覺得累了……」

「！（鬼神大人！充滿活力的鬼神大人居然露出疲憊不堪的表情！）」

「你們崇拜我雖然很令人高興，可是我不喜歡這樣……老實說。」

「……（鬼神大人看起來好可憐……）」

「……啊啊，又到今天交流會的時間嗎？那麼你們去吧。向女神派的人讓步……」

「是的！（鬼神大人……我們……我們！）」

【第四回交流會前・女神派會議・後半】

「唉……真冬突然覺得好累……」

「！（女神！經常治癒我們的女神大人，笑容居然蒙上陰影!?）」

「為什麼這麼不順利。真冬只是想和大家一起度過開心時光……」

「……（女神大人看起來好可憐……）」

「……啊啊，又到今天交流會的時間了。那麼請大家去參加吧。要是能對鬼神派的人有所讓步，真冬會很開心……」

【第四回・鬼神派女神派交流會・結果報告】

・鬼神派、女神派流會合之後，以極為溫和的氣氛開始交流。

・鬼神派出乎意料的讓步。說出「女神大人也做得很好」等發言。

・女神派出乎意料的讓步。說出「鬼神大人也做得很好」等發言。

・雙方相互妥協。出現之前不曾有過的溫和交流會。

・最後達成彼此徹底對彼此的想法妥協，交流的最終目標。

・最後——

【第五回交流會前・鬼神派會議・前半】

「從今天開始，我們前女神派全體一同加入鬼神派的勢力！」

「喔、喔喔……！也、也就是說……」

【第五回交流會前・女神派會議・前半】

「從今天開始，我們前鬼神派全體一同加入女神派的勢力！」

「什、什麼！也、也就是說……」

【第五回交流會前・鬼神派女神派會議・兩個會場同一時間】

「這下子只是所屬成員對調吧!?」

【第五回交流會前・鬼神派會議・後半】

「就是這樣，我們是為了讓女神大人從領袖的重責大任之中解放，讓鬼神大人成為真正的領袖而來！接下來還請多多指教！」

「如果是鬼神派的人也在的昨天之前，我會很高興！」

「一切都是為了女神大人！鬼神大人！鬼神大人！」

「不，這是什麼意思！到底想怎麼樣！這種狀態的交流到底想怎麼樣！」

「為了把鬼神大人推向頂點讓女神大人輕鬆一點，我們甚至不惜討伐女神大人，鬼神大人！無論何事都任您差遣！」

「你們這股好意也太扭曲了！唉……我想回家了……」

「唔，那麼請到回家社！隸屬這所學校傳統社團的那些人，正是回家的菁英！」

「啊？啊啊，真儀瑠老師好像也說過這種話……記得老師也是這所學校出身，自己成立了回家社等等……」

「鬼神大人認識回家神嗎！」

「真儀瑠老師被學弟妹稱為回家神嗎！這所學校還真喜歡創造神！」

「打從八年前就是這種校風！」

「這是哪門子的校風！是誰創造那種風氣的！」
「那是傳說中的回家神真儀瑠的屬下，式見——」
「啊啊，不，已經夠了。我不想聽那種無意義的歷史。比起這個，現在最重要的是眼前的問題。要如何撐過今天的交流會……」
「要討伐女神大人嗎？」
「不准！啊啊，真是的……總而言之，今天的交流會只求不要起爭執。雖然由我來說有點奇怪。」
「……（鬼神大人這麼說確實有點怪……）」
「我知道兩邊派系的人其實都是本性不錯的傢伙。可是我不希望大家因此發生爭執，鬧到破壞交情……」
「！（鬼神大人！真是……）」
「以拳頭交心固然很好，只是不能先用語言交流嗎？哈哈，我沒資格說這種話吧。我想也是。可是我在碧陽學園……在之前的學校學到用語言溝通的快樂。所以這次我想把這件事傳達給你們……我是這麼想的，才一路走到這裡。」

「鬼神大人……（我們誤會了。沒想到鬼神大人……沒想到鬼神大人是這種人！）」

「嗯，時間差不多了。那麼去參加交流會吧。我已經沒有話要說了。照你們想的去做就好……好，去吧！」

「是的！（我們……我們……）」

【第五回交流會前・女神派會議・後半】

「就是這樣，我們是為了讓鬼神大人從領袖的重責大任解放，讓女神大人成為真正的領袖而來！接下來還請多多指教！」

「好的，請多指教……」

「您可以不用如此警戒！我們現在是女神大人的忠實僕人！」

「啊……可是，那個，大家果然還是打從心底喜歡姊姊的鬼神派吧？」

「我們考慮要把女神派摧毀！」

「似乎不能放鬆！從立場來看，真冬正面臨巨大危機吧!?」

「女神大人的生命由我們來守護！就算要與同伴為敵！」

「這種扭曲的覺悟是怎麼回事！話說大家最近投入角色過頭，似乎有點回不來了!?」

「唔……（老實說，的確有點這種傾向！我們其實只是普通學生！）」

「唉……不過，算了。呃，那麼，關於今天的交流會……」

「是的！請儘管吩咐——」

「隨你們高興大鬧特鬧吧。」

「——啊？」

「之前的真冬說不定錯了。因為討厭看到大家受傷，所以都是下達有如隔著透明糯米紙的指示……不過那樣是行不通的。真冬以前待的班級……一年C班的大家，也是在衝突之後感情才真正變好……」

「……（女神大人……露出好溫柔的表情……）」

「所以如果想要胡鬧，那就胡鬧吧。如果那是大家的真心話。不過要是有人受傷……到時候真冬會負起責任治療大家！」

「女神大人！（之前都是我們誤會了。她哪裡軟弱了！女神大人……原來女神大人是這樣的人！）」

「那麼出發吧！不管是遊戲BL還是現實，全力碰撞才是最棒的！」

「是的！（我們……我們……）」

【第五回・鬼神派女神派交流會・結果報告】

・鬼神派、女神流會合之後，以極為灰暗的氣氛面對面，開始交流。

・過了五分鐘，還是沒有一個人能夠交流。

・再這樣下去也沒有結果，於是和前幾天一樣，雙方各派出一名代表。

・以下是他們的對話記錄。

女神派：「……喲。」

鬼神派：「……喔。」

女神派：「…………」

鬼神派：「…………」

女神派：「……這個，該怎麼說。今天和鬼神大人直接見面之後……突然覺得……」

鬼神派：「喔……那個，我們也在看到女神大人之後……突然覺得……」

女神派：「…………」

鬼神派：「…………」

女神&鬼神派：「突然覺得很沒用。」

女神派：「……那也難怪。」
鬼神派：「啊啊……我們……到底在做什麼？居然把兩個女孩子逼到絕境……」
女神派：「……她們兩個……一定會覺得……還是以前的學校比較好吧……」
鬼神派：「……是啊。因為在說以前的學校時……表情看起來很開心……」
女神派：「…………」
鬼神派：「…………」

・會場再次陷入停頓。沒辦法的他們只好播放事前拿到的影像。
・原本打算在交流會結束時播放，不過根據校刊社的判斷提前。
・以下是各自領袖在事前錄影，為交流會進行總結的留言記錄。

・一開始出現在螢幕上的是鬼神派領袖，椎名深夏。

『交流會最後一天辛苦了！抱歉，要大家配合我們的意思！啊——老實說，這是在交流會第一天開始之前錄的，所以完全不知道結果會是怎麼樣。看到這個時，不管怎麼說，應該是順利來到第五天的最後！大家辛苦了！

呃……老實說，一開始決定轉學時，內心非常抗拒。因為我很喜歡以前的學校。雖說慢慢下定決心，但是心情還是不想接受，讓人不知道如何是好。那大概是我實際來到這裡之前，心中一直存在的想法。

可是。

我現在覺得能夠來到這裡真是太好了！

雖然你們真的是一群笨蛋。老是做出令人頭痛的事。

但是你們全是很棒的傢伙。

……其實我知道這場派系鬥爭……一開始是從我和真冬班上的幾名同學鬧著玩，為了接納我們的娛樂活動。不知不覺間，居然出乎意料地擴展，最後變成這種感覺。

可是在這當中只有善意。

老實說有很多傷腦筋的事，不過看完之後忍不住發笑的事很多也是事實。

……我很感謝。

我很喜歡以前的學校……碧陽學園。

不過我也很喜歡你們……現守高中！

所以不要像現在這樣繼續無謂的意氣之爭。

要是大家能夠感情很好地……一起度過充滿活力的校園生活，一定會更加開心！

因為我喜歡熱血（笑）。

大概就是這樣！真的很感謝大家願意參加交流會！』

・接下來是椎名真冬的留言。

『交、交流會辛苦了！……面、面對攝影機有點緊張……吸……呼……咳咳。那個……

大家感情變好了嗎？要是能夠變好，那就太開心了。

……真冬喜歡連線對戰。像是一大票人陷入混戰的槍戰之類的。那個很不可思議。做的事簡直就像是戰爭。遊戲結束時，會想要和那些玩家成為朋友，有機會再一起玩。

呃……所以說，要是大家也能夠像那樣成為對彼此微笑的關係，一定會很開心。

……真冬原本不太擅長表達自己的意見。很害怕對誰坦誠自己的心情。如果不能獲得對方的理解，就會完全不知道該怎麼辦。可是……在之前的學校加入學生會時，突然注意到一件事。

彼此互相理解，就可以讓感情變好。

真冬喜歡的事物，如果對方也喜歡，真冬會很開心。可是就算真冬喜歡的東西對方討厭，現在覺得其實那樣也有那樣的樂趣。

呃。所以說……咦，可是，大家已經結束交流會，事到如今才說為時太晚……咦？

總、總而言之！大家要好好相處！

真冬還是想要與擁有各種想法的各位，一起度過輕鬆悠閒的校園生活。

因為……

因為真冬知道大家都是本性非常溫柔的人！

真冬已經完全喜歡上這所現守高中！

呃，那麼，由於搞不懂自己在說什麼、所以到這裡結束！』

・影片播放完畢，現場一片寂靜。
・過了一陣子，兩方陣營的代表重新展開對話。

鬼神派：「我們……錯了。」
女神派：「啊啊……是啊。分成女神派、鬼神派引發抗爭……真是太愚蠢了。」

・聽到兩人的對話，兩方陣營的學生用力點頭同意。

鬼神派：「鬼神大人——不，聽到深夏的話，我們要報答她。」
女神派：「啊啊。女神大人——不，聽到真冬的願望，我們要回報她。」
鬼神派：「既然她們兩人這麼說……答案已經很明確了吧？」
女神派：「啊啊，是啊……雖然有點難為情。」
鬼神派：「可是，一起合力創造吧，嶄新、歡樂的學園生活……」
女神派：「是啊！用我們的手創造。堪稱理想的……」

・兩人雖然有點不好意思，還是用力握手。然後——

鬼神派：「創造熱血學園生活！」

女神派：「創造悠閒學園生活！」

鬼神派：「…………」

女神派：「…………」

兩派系：「…………嗯？」

【第五回・鬼神派女神派交流會・根據校刊社社長的口頭報答】

「——也就是說，『女神派』與『鬼神派』的抗爭就此閉幕。然而兩人為了對留言表示負責，各自擔任『熱血學園派』與『悠閒學園派』的代表——」

姊妹：「受不了啦啊啊啊啊啊啊啊啊啊啊啊啊啊啊！」

私立現守高中。

那裡經常展開莫名其妙的派系鬥爭。

續學生會的一存

『距離對友情不是問題！』

會長一如往常挺起小胸膛，得意地說著從書裡看來的名言。

在畫面中。

『就是這樣，第一回線上學生會就此開始！』

『喔——！』

連接電腦的耳機傳來前學生會成員的歡呼聲。

畫面上顯示櫻野玖璃夢、紅葉知弦、椎名深夏、椎名真冬，以及我杉崎鍵五個頭像的影像視窗。

沒錯，今天是畢業典禮之後，第一次五人到齊的線上會議之日。

在畫面中穿著清涼背心的深夏感慨萬分地嘆氣：

『不過話說回來，沒想到這個企畫到真正實現要花三個月。』

穿著紅色 POLO 杉的知弦學姊對這句話表示同意：

『是啊，從設定連線系統的麻煩事開始，每個人的時間不好配合當然不用說，全員到齊時通訊軟體又有問題……真的有很多狀況。』

在大家點頭同意時，穿著類似居家服的寬鬆T恤的小真冬苦笑說道：

『不過常常兩個人或三個人通話，所以其實沒什麼新鮮感。』

「的確。」

我也露出苦笑回應。題外話，由於是在學生會（啊，是指新學生會）的會議結束之後直接回家，所以我的穿著只是脫掉外套、解開領帶。

就在大家開始閒聊時，會長突然大聲說句：『安靜！』只見她挺起胸膛瞪視鏡頭……似乎是想表現威嚴，但是對我們來說完全沒有效果。要說為什麼……

「（為什麼這個人已經穿上睡衣了……）」

只能看著身穿可愛動物圖案睡衣的會長。

……不管怎麼說，現在才下午六點。就算是早睡早起，穿睡衣果然還是太早了……

本人大概也察覺到我們的視線，說聲：『啊，這個？』用手抓起自己的睡衣對著鏡頭露出天真無邪的笑容：

『很可愛吧——！』

「不，不是這樣……會長，妳要睡覺了嗎？」

我代表全體提出問題。會長以有些不可思議的表情歪著腦袋：

『啊，今天比平常早一點吃晚餐，洗澡之後就換上睡衣。和大家聊完天，刷牙之後就要去睡覺了。』

「（好健康的大學生！）」

健康過頭反而不太健康。這個人早上到底幾點起床？考慮到大學開始上課的時間，很懷疑她的生活時間設定是不是有問題。就在我為各方面感覺擔心時，知弦學姊在一旁加以補充：『小紅平常大概都是九還是十點上床睡覺。』

深夏好像很熱地一邊用手搧臉一邊開口：

『對了，知弦學姊和會長住在同一間宿舍吧。』

『嗯，是啊。所以從誰的房間通話都……』

知弦學姊的話才說到一半，會長的眼神突然變得銳利：

『那樣就不像「線上會議」了！還是要五個人各自有一個視窗才行！』

聽到會長這句話，深夏露出疲倦的表情：

『嗯，我也是因為會長這麼說，才特地向真冬借了筆記型電腦回自己的房間。』

這麼說來的確沒錯。深夏平常都是以「椎名姊妹」的名稱從同一台電腦進行通話，今天是使用另外一台電腦。就算有機器，不過在設定等方面還是有點麻煩。

『可是也因為這樣，感覺「很像那麼回事」吧！』

「的確有點類似『〇〇傳奇』系列的 FACE CHAT SYSTEM 那種興高采烈的感覺。」

『是不是！也包含那個目的！』

會長說得一臉得意。這肯定是騙人的……

不過這樣的確很壯觀。

五名前學生會成員的臉一起出現在同一個畫面。

莫名感到感動。

好一會兒沒人出聲，稍微享受一下狀況，會長輕咳一聲開口：

『那麼差不多該開始會議——嗯？這是什麼音樂？電視嗎？』

正要打起精神回到正題時，會長不太高興地暫停會議。在所有人豎起耳朵，露出「的確有點吵……」的表情時。

只有一個人……我以毅然的態度回應：

「一邊通話一邊看『料理〇像』有什麼不對！」

『關掉！』

受到全體一致吐槽。但是我絕不退讓。

「考慮到打工和學生會活動，很少有機會可以看到首次播出的料理偶像吧!?早上播出時實在很睏！」

『誰理你啊！話說學生會對你來說，只有這點程度嗎！太令人失望了！』

「我才失望，深夏！妳……小看〇舞是會遭殃的！會被料理！被切被煮喔！」

『那是什麼小〇！你才是破壞形象的——』

「♪料理料理料理！我們也來做料理！份量越多越好！♪」

『不要配合原曲加入自創的手勢跳舞！好噁心！這是什麼！你就好像粗製濫造的山寨版「試著去跳」動畫！不要跳了！我們還比較不好意思，拜託不要！』

受到深夏以及全體學生會成員的猛烈抗議，沒辦法的我只好停止跳舞，把電視關成靜音

……不過算了，反正有錄影。

會長也重新主導會議：

『好了，今天的議題不為別的，就是前學生會幹部的……現況報告會！』

準備妥當大聲宣告，卻只有得到「我想也是」感想的議題。不得已只好由我代表說出全體微妙的反應：

「可是會長，小真冬剛才也說過，在這之前經常進行兩三個人的通話。如果是彼此的現狀，應該知道得差不多……」

雖然只是大概，不過已經聽過會長&知弦學姊這組大學生開始奇怪社團活動的來龍去脈、椎名姊妹在新學校爆發的鬼神派與女神派抗爭這些事。我也把最近這幾個月組成的新學生會的相關鬧劇對前學生會幹部說了。

聽到我的疑問，會長還是一樣露出充滿自信的笑容加以否定：

『杉崎太天真了。太天真了。真是太天真了，杉崎。天真的程度已經達到我們學校餐廳的甜點等級！』

「不，這個比喻完全無法傳達……」

仔細一看，只有知弦學姊可以理解。真的有那種大學嗎……

『呃，那麼……就像在 H-GAME 裡面出現的後宮主角，以為努力就能達成目標的思想一樣天真！』

「雖然這個比喻充分傳達到了，不過胸口好痛，拜託不要！」

一開始明明是她叫我去玩美少女遊戲（H-GAME）！

不過會長完全不理會我的不滿，繼續說道：

『雖然說是線上，不過還是學生會會議！既然如此，當然是與學生會有關的報告！』

聽到會長的話，小真冬歪著頭一臉疑惑：

『與學生會有關的報告……嗎？』

『沒錯！先不管大家日常方面的報告，從那之後到今天，大家是否記得前學生會幹部精神繼續活動！今天就是要請大家報告這個！』

『唉……還是搞不太懂……』

小真冬愣在原地……放心吧，小真冬。因為我們也搞不懂。

不過在會長的心中，似乎是以獲得全體理解的方式進行話題，在沒有補充說明的情況下立刻開始會議：

『那麼，首先是小真冬！報告最近妳遵循學生會精神的活動！』

『嗯……遵循學生會精神的活動嗎……』

雖然小真冬到了現在還是一副沒有進入狀況的模樣，不過似乎想到什麼……過了幾秒鐘，面對鏡頭露出笑容：

『真冬向中目黑學長提出：「試著和杉崎學長兩個人去旅行怎麼樣？」的提案。』

「啥啊啊啊啊啊啊啊啊啊啊啊啊啊啊啊啊啊啊啊啊啊啊啊啊啊啊!?」

出乎意料的發言讓我忍不住大叫出聲。在全體成員都因為這個舉動皺起眉頭暫時拿開耳機時，小真冬笑著說下去：

『這就是遵循學生會精神的活動吧！』

「怎麼可能！會長一定不是在說這個……」

在我想要提出抗議時，重新戴上耳機的會長開口：

『就是這麼回事，小真冬！』

「是這麼回事嗎!?」

在我面對意想不到的背叛感到驚訝時，會長興奮地說道：

『簡直是重現以前的學生會的活動！真冬前會計，幹得好！』

『哈哈——真是不敢當——』

「不不不不，咦!?這次的議題是這個嗎!?總覺得和我的解釋有很大的出入！」

『什麼啊——杉崎。你還沒搞清楚嗎？這樣不行喔——杉崎。就算你很會讀書，ＩＱ也太低了，ＩＱ。杉崎就是那種類型的人吧。』

「唔……」

居然被這個小鬼頭會長批評頭腦，太屈辱了！看到陷入沉默的我，會長嘆氣開口：

『真是沒辦法。那麼為了讓杉崎理解會議的本質……下一個，好，深夏！告訴大家最近做的學生會活動！』

『喔，我嗎？好啊，我……』

被要求發言的深夏得意地回答。很、很好，深夏。如果是和我思想相似的妳，面對這個問題，應該能夠說出想像中的正經回答——

『我今天對準鍵的太陽穴，全力投出特製彈力球！』

「太有攻擊性了！那是什麼！怎麼會有這種學生會活動——」

『就是這麼回事，深夏！這正是ＴＨＥ學生會！』

「為什麼！」

會長滿意地點頭。深夏則是露出十分快活的笑容，看向鏡頭說道：

『好好期待吧，鍵！因為是早上丟的，我想今天之內就會擊中！』

「ＡＭＡＺ○Ｎ宅配啊！」

優秀過頭的宅配系統……不過話說回來，就算深夏有怪物等級的實力，也不可能會擊中。

不管怎麼說，就物理來說實在不可能——

『嘿嘿嘿，感謝知弦學姊的協助！』

『這沒什麼，深夏。充分運用噴射氣流與重力，以及地球自轉計算彈道，對我的電腦來說比吃早餐還簡單。』

「開始覺得真的會被打到了!?」

沒、沒問題吧？果然不可能有那種事……對吧？

不知道會長如何解讀我疲憊不堪的反應，只見她發出不滿的聲音：

『嗯——看來杉崎還是不明白「學生會」的本質。理解力真差。』

「不，說什麼理解力差，我根本不想理解這種學生會……」

『真是沒辦法。那麼下一個，知弦！知弦也說說最近的學生會活動。』

『好的，小紅。』

被問話的知弦學姊如此開口。好，不管怎麼說，如果是帶有吐槽精神的知弦學姊，應該能理解我想說的話。說出來吧，知弦學姊！說出遵循學生會精神的活動，是指這種事——

『其實就在通話期間，我已經透過 KEY 君的電腦入侵ＣＩＡ總部。』

「怪不得話這麼少！」

『嘿嘿。』

「不，這已經大幅超過能夠原諒的範圍！會、會長！這根本是犯罪行為！不能稱為學生會的活動——」

『做得好，知弦！』

「可惡！」

『啊，大家稍等一下。我現在用通訊軟體把羅斯威爾飛碟事件的真相還有宇宙人的解剖記錄影像（真貨）傳送給大家。』

「不要傳！知弦學姊想要把我們牽扯進什麼事件裡！」

『咦……KEY 君應該很喜歡麻煩吧？』

「我什麼時候說過喜歡了！什麼時候！」

『奇怪？是什麼時候，我記得曾經聽你說過……喜歡 DARKNESS 的出包……』

「居然用這種方式記住那句話！」

好恐怖！時間對記憶的扭曲真的好恐怖！

在我吐槽到累得喘氣時，會長像是追擊一般挺起胸膛：

『題外話，我——』

就在說出這句話的瞬間。

『沙沙——沙沙沙沙！』

「啊嗚!?」

耳機突然傳來雜訊。

面對突如其來的巨大音量不禁發出聲音，雜音很快消失。不過真正的異常就此開始。

『杉崎？（KEY君？學長？鍵？）』

全體同時不安地呼叫我的名字。仔細一看才發現不知為何知弦學姊與會長的畫面全黑。

在我出聲詢問：「沒事吧？」時，四人同時說個不停，不過當我指出這點時，只見姊妹不可思議地偏頭（會長與知弦學姊因為畫面全黑看不到情形）。

在重覆幾次沒有交集的對答之後，四人幾乎同時開口：

『該不會只聽得到杉崎（KEY君、學長、鍵）的聲音吧？』

「咦？」

聽到這個說法，試著重新對話。原來如此，我似乎能與每個人通訊，女生成員之間卻無法通話。

而且查明原因似乎出在會長與知弦學姊的宿舍。聽說兩人的宿舍似乎停電了。筆記型電腦和無線網路裝置雖然靠著本身的電力維持運作，不過好像還有和通訊相關的其他影響，所以才造成這種不可思議的狀況。我一邊安撫快要哭出來的會長，一邊試著重新啟動，不過只是白費工夫。

知弦學姊俐落拿出小型手電筒應對時，會長則是縮在黑暗中害怕。然後似乎終於到達極限，臉上浮現哭泣的表情（可以藉由電腦的亮光稍微看到）。我為了改善情況於是提議：

「不如到對方的房間會合吧？」

聽到我的提議。

螢幕中的——四人一起回答：

『嗯！（喔、是啊、好！）』

「……咦？」

對此感到困惑的不是別人，就是我。剛才的提案只是打算對會長一個人提出要不要去知弦學姊房間的提案……不知為何連知弦學姊和椎名姊妹也當成是對自己的提案，面帶笑容表示贊同。

「啊，不、不是的，剛才那個只是對會長一個人……」

在我想要補充說明時，為時已晚。所有人拿掉耳機，紛紛起身準備移動……不過想想那樣也不成問題，於是放棄更正大家的誤解。

——殊不知事後強烈後悔這個判斷。

過了幾分鐘，各自做好準備。

會長與知弦學姊正在安裝無線鏡頭&耳機，把各自的電腦留在房間裡只帶著那些裝置。由於鏡頭是用夾子固定在頭戴式耳機的頭頂，所以會直接傳送兩人的視點。用遊戲來比喻，就像FPS那樣不會拍到本人，只會拍出本人的視點。

另一方面，說到椎名姊妹，本來就沒停電也不需要會合……

『哇啊，真麻煩！我要把筆記型電腦拿過去！』

不太會用電腦的深夏不耐煩地拿著電腦起身。鏡頭和麥克風似乎都裝在筆記型電腦上，與會長們相反，畫面還是映出深夏的臉。而且聲音也毫不保留地傳送過來。不過……

「喂——深夏——？」

打從剛才開始試著呼叫幾次，她卻完全沒有回應我的話。看來應該是做了奇怪設定，所以聽不到這邊的聲音。因此完全聽不到「妳們不需要會合吧」的吐槽。

至於另一方面的小真冬……

『啊！要用來錄九點開始首次登上數位電視的細田○導演最新作品的藍光光碟用完了！我出去買一下喔，學長！』

「啊，等等，小真冬——」

小真冬不等我回答，很快切斷通話。喂喂……在我為了任性的學妹嘆氣時，小真冬不知為何又上線了。試著再次連線通話，看起來像是椎名家走廊的影像伴隨凌亂的腳步聲出現。然後映出玄關的鞋櫃時，傳來小真冬的聲音：

『就是這樣，真冬用智慧型手機一邊和學長對話一邊去便利商店！因為是一邊走路，所以基本上會放在口袋裡，不太能夠講話，還請多多見諒！』

「啊啊，了解。啊，對了，也跟深夏說一聲——」

『那麼出發！』

「啊啊……晚了一步嗎？」

智慧型手機傳來的影像突然變成一片黑暗。應該是被收進口袋裡了。

就在我感嘆一切都不順利時，似乎剛走出宿舍房間的會長傳來快哭出來的聲音：

『什麼事!?什麼事晚了一步!?杉崎!?』

看來在黑暗當中聽到我不祥的自言自語，似乎加速恐懼的心情。我帶著苦笑回答：

「沒什麼。比起這個，要小心腳邊喔。有沒有拿著手電筒？」

『沒、沒問題。知弦的房間就在前面，才不會因此迷路。你、你看，已經到知弦的房間了！這間！』

會長邊說邊把手電筒照向寫著「紅葉知弦」的門牌上。好，這樣大學組應該就會合了。算是解決——

『知弦——！我好害怕——……呃，咦？沒、沒有人……？』

「咦？」

看著從會長的鏡頭傳來的影像。咦，真的。知弦學姊不在。這是怎麼回事？

我馬上把視線移到知弦學姊視點的鏡頭——

「知弦學姊？妳現在人在哪裡？」

用手電筒照著像是配電盤的景象出現在眼前。知弦學姊冷靜回答：

『啊啊，看一下外面，發現其他住戶都有電，想說也許只是這裡跳電。今天舍監不在，除了我和小紅以外的住宿生都還沒回來，既然這樣，只好由我處理——就是這樣。』

知弦學姊邊說邊把開關往上扳。真不愧是知弦學姊！行動力與分析力真高。身邊有這樣的朋友，會長的家人也很安心吧……這時。

『……真奇怪。』

燈沒有亮。難道不是總電源的問題嗎？在知弦學姊好幾次扳動總電源時，我以若有所思的表情看著這一切——

『是啊，這個真奇怪。』『什麼東西奇怪!?喂，杉崎!?』

「咦？」

聽到深夏與會長的聲音再次看向畫面，只看見一臉若有所思的深夏，以及會長不停發抖好像喝醉的視點。

看來她們又把我的話想成是與自己有關，不過說明起來好麻煩。總之聲音好像可以傳給深夏，比起會長，我決定先對她開口：

「喔，深夏，聽得到我的聲音嗎？」

『嗯？啊啊，聽得到，怎麼了？』

該不會是在移動中不小心按到什麼改變設定了吧？不過算了。

「不，沒事。比起這個，小真冬她——」

『啊啊，鍵，你看這個。』

深夏一邊說一邊把鏡頭轉向小真冬的房間。當然沒有人，這也是理所當然的事。因為她剛才去便利商店了。但是鏡頭再次轉回一臉懷疑的深夏臉上。然後……

『真冬……消失了。』

「啥啊？」

我有點傻眼地看著咕嘟吞下口水的深夏。這傢伙是不是誤會什麼了？

「啊啊，不是的，深夏。小真冬從房間消失是因為——」

就在我想要說明時，會長突然出聲！

『小、小小小小、小真冬消失了，這是怎麼回事!?喂，杉崎!?喂!?』

「等等，會長，拜託不要突然大叫！妳先安靜下來！」

身在知弦學姊房間裡的會長一個人待在黑暗之中，視線因為驚嚇不停晃動……好、好暈……我忍不住閉嘴，這時似乎是因為隨身攜帶的筆記型電腦聽不到聲音，不過應該看得到其他人的影像的深夏突然臉色鐵青：

『怎麼會這樣……連知弦學姊都消失了，難怪會長這麼驚慌！』

「不不不！我、我說，小真冬是去便利商店——」

由於感覺問題越來越麻煩，於是我提高嗓門想要解開誤會。

這個瞬間，正當覺得深夏的麥克風傳來鑰匙碰撞的聲音時，深夏的表情突然變得緊張：

『喂、喂，鍵!?為什麼突然切斷通話！鍵!?』

「喂——深夏？喂——……那傢伙又按到什麼了吧！」

仔細一看才發現有個像是耳機音量調節器的東西垂在深夏的脖子旁邊激烈晃動。看來那個應該是在敲打鍵盤時動到的。

在我忍不住嘖舌時，會長再次發出快哭出來的聲音：

『深、深夏怎麼了!?喂，杉崎!?知弦和小真冬……還有深夏發生了什麼事!?世、世界變成怎麼樣了!?』

「不，會長，世界沒有怎麼樣！只要看畫面就知道大家都平安無事——」

呃，啊啊，會長和知弦學姊只戴著耳機和鏡頭移動吧。咦？不過既然那裡是知弦學姊的房間，應該有她的電腦。

「會長、會長。請看一下知弦學姊的電腦。上面有映出現況！」

『啊！沒、沒錯！杉崎的頭腦真好！等、等等，我現在就過去螢幕那邊！』

語華的會長湊過去看著知弦學姊放在桌上的電腦。

螢幕上是——

骷髏骷髏骷髏骸骨骸骨骸骨DANGERDANGERDANGER骷髏骷髏骷髏骸骨骸骨骸骨DANGERDANGERDANGER骷髏骸骨——

大量的白骨&骷髏以及閃爍的紅色DANGER！

『不要要要要要要要要啊啊啊啊啊啊啊啊啊啊啊啊啊啊啊啊啊啊！』

「會、會長！」

會長突然發出慘叫，慌張地從知弦學姊的房間衝出去！似乎放棄調查總電源的知弦學姊

看到一時之間不知該如何反應的我，好像突然想起什麼：

『啊，對了，KEY君，我的電腦螢幕保護程式有點恐怖，幫我告訴小紅不要看。』

「來不及啊啊啊啊啊啊啊啊啊啊啊啊啊啊啊啊啊啊啊啊啊啊啊啊！」

我使盡全力吐槽！就在這樣的對話中，完全陷入混亂的會長一邊在宿舍走廊狂奔一邊哭著大喊！

『滅、滅亡了！人類除了杉崎以外全都滅亡了——！嗚哇——！不要啊——！』

「好像妄想了驚人的世界觀！會長！會長！請先冷靜下來，那個只是電腦畫面……」

就在我想要對會長說明時，突然聽到吞嚥口水的聲音。還以為怎麼了……只看到深夏一臉鐵青地看著畫面：

『什麼……這是怎麼回事！剛才會長的鏡頭出現驚人的影像！』

「被超級麻煩的傢伙看到了！」

啊啊，真是夠了！我不知該如何是好，只能用力搔頭，不知道這個動作映在畫面上是什麼景象，只見深夏的表情變得更加緊繃。

『怎、怎麼了，鍵？做出那麼奇怪的行為……剛才好像說了惡魔之類的話……』

「為什麼在那個時候就ON！」

『鍵、鍵？為什麼做出無聲吶喊的動作……』

「現在又ＯＦＦ了嗎！」

『啊、啊啊……這下不妙。一定很不妙。有什麼東西正在進行！』

「妳和會長心目中的世界觀越來越危險了！」

『我說 KEY 君，你從剛才就一直大呼小叫吵個不停。我正在忙，可以安靜一點嗎？』

「妳以為是誰害的啊！」

煩悶的心情到達極限，忍不住對年紀比自己大的對象怒吼。結果……突然傳來楚楚可憐的聲音。

『……的確是這樣。因為真冬害怕男人，害學長受苦了……』

「妳在說什麼!?」

突然聽到小真冬沒頭沒腦的發言，嚇得趕緊確認畫面，結果就是與不知為何眼眶有些濕潤的小真冬對上視線。

『真冬知道了。雖然很痛苦……雖然真冬，會哭……不過學長，我們分手吧。』

「不不不不不。咦咦!?等等，妳在說什麼!?小真冬!?」

『……真冬已經累了。雖然一邊走路還是想著要是能夠與學長開心對話該有多好……但是學長從剛才就一直用冷淡的態度對待真冬。』

「冷、冷淡的態度?我什麼時候這樣對待小真冬了……」

『在真冬詢問「學、學長喜歡真冬嗎?」時，學長只是以「沒什麼。比起這個，要小心腳邊喔。有沒有拿著手電筒?」簡單帶過，而且還說得有點疏遠。』

「咦?不、不，那句話是對會長說……」

『為什麼會和會長……和其他女生扯上關係?學長現在明明是在跟真冬說話!』

「呃，咦?」

什麼，這是怎麼回事?該不會小真冬一直以為……我只有和小真冬聊天!?為、為什麼會變成這樣!?不、不對，之後再探討原因。現在必須趕緊……

『雖然集中精神走路，把學長的話漏聽七成的真冬也有不對!再加上身在戶外聲音會被蓋過，或許也聽不太清楚這邊的聲音!可是……可是就算是這樣!也太過分了!』

「不、不，小真冬。聽我說，不是這樣的。這是……」

『最過分的是真冬拿出勇氣詢問學長「對、對學長來說，真冬……是什麼樣的存在?應該認為真冬非常重要……對吧？」時的回答！』

「咦？呃……我說了什麼……」

「『不不不！我、我說，小真冬是去便利商店——』！」

「居然對小真冬說出這麼過分的話！」

不，那是誤會！我只是想要告訴深夏，小真冬去了哪裡！開始頭痛的我打算趕緊解開小真冬的誤會時——

『真、真冬遇到過分的事了!?真冬！真冬——————！』

深夏突然在畫面中流著血淚哀號！

「啊啊，事情變得更麻煩了！」

『居、居然說麻煩，學長太過分了！真冬……真冬——————！』

「不是！啊啊，真是的，這個姊妹合擊是怎麼回事！」

不行，四個人都是只聽得到我說話為前提的對話，我沒有自信可以做好！

還是快點讓大學宿舍恢復供電，整頓通訊環境後再一一解決，才是眼前最重要的事。

理解這點的我，決定把焦點鎖定在唯一沒有誤會，能夠正常通訊的對象，同時也是最有可能解決問題的知弦學姊身上。

——然而。

「那個……知弦學姊？」

『…………………啊，什麼事，KEY君？抱歉，剛才一度切斷通訊。因為是不容許出錯的狀況……』

「咦，不，嗯，那是沒關係，那個……」

看到知弦學姊的畫面，我的表情不由得僵硬。雖然會長與深夏都在詢問知弦學姊是否平安等等，不過那些話我一句也聽不進去。

因為。

出現在畫面上的是——

「為……為什麼正在進行槍戰!?」

真正的ＦＰＳ在我眼前上演！知弦學姊拿著手槍，毫不猶豫地扣下板機！一群看起來身穿可疑戰鬥服的特種部隊應聲倒地！

知弦學姊迅速躲進牆壁後面，一邊發出重新裝彈的聲音一邊回應：

『發生了一些事。』

「也發生太多事了！在我稍微移開視線的空檔，到底發生了什麼事！」

『說得直接一點——』

知弦學姊再次從牆壁探出身子，對著士兵掃射。

『因為他們入侵這間宿舍，所以奪槍應戰。只是這樣。』

「完全無法理解！」

『關於這點我也一樣。可是不應戰就會被幹掉。這樣就夠了。』

「這個不可思議的職業意識是從哪裡來的！話說比起這個，沒問題嗎!?」

知弦學姊再次躲到牆壁後面回答：

『嗯，雖然槍聲聽起來很驚人，不過子彈是對身體非常溫和的麻醉彈。對方似乎想盡量使用和平的手段，不過我卻做出意想不到的反擊，結果就是這樣。』

「是、是嗎？真是難以置信的事態……」

聽到我的喃喃自語，會長&深夏的「世界末日觀」組合，兩人同時間『真的……』唸唸有詞。唔，嗯，看來妳們的世界觀也不算錯。

尤其是會長在宿舍裡聽到槍聲，似乎非常害怕。她回到自己的房間，躲在棉被裡……這樣應該會造成心靈創傷吧……

『宿舍的電源被切斷，也是他們幹的好事吧。』

「是、是嗎？不過……為什麼會變成這樣……」

就在我為之愕然時，知弦學姊說出『嗯，大概想得到。』這番意外發言。

「這是怎麼回事？」面對激動追問的我，知弦學姊只是一邊平淡地以麻醉彈壓制敵人一邊回答：

『挖掘羅斯威爾飛碟事件果然不太妙……』

「因為剛才的駭客入侵嗎啊啊啊啊啊啊啊啊啊啊啊啊啊啊啊啊啊啊啊啊啊啊啊啊！」

這樣算是自作自受吧！倒不如說想要盡可能採取和平手段解決的軍隊還比較可憐！

『咦，要去買「HIGH 哥入侵碼」？學、學長要差勁到什麼地步！』

「我沒說！」

似乎身在便利商店櫃台的小真冬，以厭惡的表情看著我。背後的女店員也是一臉厭惡。

不行了，真的開始頭痛了。或許是說話說到有點累，我傻傻地看著影像。知弦學姊處於絕佳的ＦＰＳ模式，小真冬正在便利商店買東西。

會長則是……大概是各方面都無法忍受，只見她再次跑出房間四處徘徊。不過手電筒的電池好像快沒電了，視野很差。在這樣的狀況之中——

『唔……唔咕啊啊……』

『不要要要要啊啊啊啊啊啊啊啊啊啊啊啊啊啊啊啊啊啊啊啊啊啊啊啊啊!?』

會長目擊到被知弦學姊擊中，麻醉生效的士兵在走廊爬行的景象。

『殭、殭屍……殭屍終於出現在宿舍了……！』

雖然搞不清楚她心中的世界觀發展到什麼地步，總之會長全力逃跑。不過正想要下樓梯的瞬間，樓下傳來槍聲。然後……會長的視點終於與知弦學姊的交集！知弦學姊的鏡頭映出會長害怕的模樣。然後在會長的鏡頭上……

『呼……………………呵呵。』

知弦學姊一臉滿足看著趴在地上的士兵們發笑……一頭長髮散亂！

『呀啊啊啊啊啊啊啊啊啊啊啊啊啊啊啊啊啊啊啊啊啊啊啊啊啊啊啊啊！』

看到好友詭異過頭的模樣，會長忍不住跑走！……那是就連知道情況的我，心臟還是噗通噗通跳得不停的影像。比恐怖電影更恐怖。

『知弦……知弦變成超有攻擊性的生物……！』

會長邊哭邊跑。嗯……不過會長，知弦學姊的本性就是那樣。就某種意義來說，無藥可救的真相更令人難受。

好了，深夏那邊又是什麼情況——

〈噗嚕嚕嚕嚕嚕嚕……〉

正當我想確認時，手機響了。拿起來查看畫面，好像是朋友中目黑打來的。我直接用電腦耳機接電話：

「喔，怎麼樣？」

『啊，杉崎同學。說不定真冬學妹已經說了，我想找你兩個人旅行，你、你覺得呢？』

「覺得什麼，你……」

對於中目黑有所期待的模樣，我忍不住嘆氣。真是的，居然把小真冬說的話當真。話說回來，現在正是彼此都很忙碌的時期，而且就算要去旅行，找一群感情好的朋友一起去不是更好玩嗎？

我先是嘆氣，然後再次回答。

真是的，只要是在ＢＬ方面……

「無視小真冬說的話比較好喔。」

『啊——是嗎？有點遺憾。不過也是，如果要去也是想和大家一起去吧。』

「是啊，就是這樣。再見。」

『嗯，再見。』

乾脆地掛掉電話。啊啊，男生之間講電話語氣冷淡一點無所謂。或許是因為現在有太多雜亂的對話，才突然想起這種事——

『這是什麼意思，鍵？』『這是怎麼回事，學長？』

「咦？」

在我切斷與中目黑的通話同時，就被姊妹以低沉的聲音叫住。兩人各自對著搞不清楚狀況的我……瞪著鏡頭放聲怒吼：

『幕後黑手果然是你吧！』『對學長來說，真冬果然是玩玩就算了的女人吧——！』

「……啊——……」

嗯，雖然搞不太清楚狀況，我只知道又是那個麻煩模式。

姊妹各自以獨特的心情瞪視不想再辯解的我。

『我一直覺得不對勁。只有你沒有發生奇怪的狀況。還有那個冷靜的態度。』

『學長的態度用這句話便足以道盡。無視小真冬說的話比較好。』

啊——這是怎麼回事——

「還有你剛才在跟誰對話？鍵的共犯……對方知道真冬處在綁架監禁的狀況，ＯＫ？」

ＯＫ個頭。妳開始往與會長不一樣的方面扭曲了——

『學長……學長的意思是後宮已經不需要真冬了吧！』

我沒說。一次也沒說。不過老實說，由於現在散發無論怎麼解釋都會被曲解的氣氛，所以什麼話都不能說。

我一邊看著四名成員的鏡頭，一邊思索該怎麼辦。這時突然發現知弦學姊幾乎壓制整個宿舍……為什麼妳這麼強……唉……不管怎麼樣，事情進展到這個地步，只剩下把事情做個了結。

知弦學姊往恢復意識的士兵靠近，一邊說著『真的很抱歉。』一邊走到他的旁邊。然後正想為駭客入侵一事道歉時……士兵喃喃說出不太妙的話：

『唔……雖然這邊失敗……不過……如果是已經前往另一個駭客地點，日本分部更加精銳的三角洲部隊……』

「咦？」

就在他說完這句話的下個瞬間。

我家的窗戶突然破了！

「咦、咦、咦！」

噗咻——在聽到這個聲音時，屋內已經充滿煙霧，特種部隊的士兵發出腳步聲闖進來。對、對了，記得知弦學姊說過。她是經由我家進行駭客入侵之類的話。不過如果是被麻醉彈打中，應該沒什麼不大了——

「緊急命令！接獲α全軍覆沒的消息，全員允許使用實彈！」

「咦咦咦咦咦咦咦咦咦咦咦咦咦咦咦咦咦咦咦咦咦咦咦咦咦咦咦咦咦咦咦咦咦咦!?」

聽到響徹屋內的聲音，我忍不住發抖。急忙舉手投降，表示沒有戰鬥的意思……這時耳機插頭從電腦插孔鬆脫，全體學生會成員的聲音一起從喇叭傳出：

『不要啊啊啊啊！世界末日啊啊啊啊啊啊啊啊！都是杉崎的錯啊啊啊啊！』

『話說回來，什麼α小隊……一點感覺也沒有。這樣也叫專家嗎？』

『被學長……被學長玩弄、被玩弄了！嗚哇啊啊啊啊啊啊啊！』

『啊，警察先生，就是他！他就是抓走真冬的犯人！』

「妳們全都給我閉嘴啊啊啊啊啊啊啊啊啊啊啊啊啊啊啊啊啊啊啊啊啊啊啊啊啊啊啊啊！」

「全體準備──」

「咦咦咦咦咦咦咦咦咦咦咦咦咦!?」

喀唧喀唧喀唧喀唧喀唧！所有人架起槍枝的聲音！我完全被包圍了！萬事休矣！沒想到主角會在小小的番外篇企畫死亡！而且還是被女主角們陷害！明明什麼壞事也沒做！只要讓我稍微解釋一下就可以解開的誤會！

不過或許後宮王的死都像這樣。就某方面來說，搞得這麼盛大也不錯啊，哈哈……

──在各個方面都放棄了，抬起臉來。突然在煙霧的另一邊，破碎玻璃窗的另一頭──夜空出現紅色球體。那是什麼？好像有個劇烈燃燒的物體正在接近？咦？那該不會是……隕、隕石!?

在掌握不明物體的真面目前，那個……那顆光球發出轟隆聲響，朝我的方向飛來。

連什麼三角洲部隊也察覺異狀，一同把頭轉過去時，為時已晚。

那顆球體掠過我的太陽穴——原本以為是這樣，它撞擊背後的牆壁，以猛烈的速度在屋內到處亂飛——

「嗝。」「嘎。」「唔。」「噗。」「咕。」「啊。」「呀。」「啾。」「噠。」「喔。」

「咦……」

——瞬間壓制三角洲部隊……我該不會得救了吧——

「呀啊!?」

——正以為是這樣時，下個瞬間，兩腿之間傳來劇痛。仔細一看，剛才的火紅球體伴隨激烈旋轉直擊我的兩腿之間。話說回來，這到底是怎麼回事……與其說是疼痛……比較像是懷念的感覺？

接著翻白眼趴倒地上。

雖然會痛，也失去意識，卻不可思議地沒有受傷，這種獨特的感覺。

在我注意到那個球體的真面目——也就是深夏提過在今天早上投出的「特製彈力球」時，是在失去意識前一秒的事。

＊

在那之後過了幾個小時。在事情總算解決後，全體再次坐到電腦前，開始進行視訊會議。雖然重新開始會議……

「…………」

所有人都露出死人一般的表情。與會議開始當時的情緒有著極大差距。會長對「到處是殭屍的世界」的認知，現在覺得似乎沒有錯。至少學生會全體成員現在都像活死人。

唯一一個體力方面雖然疲勞，精神上卻不是的知弦學姊，像是要主導場面一般開口：

『我已經和特種部隊那邊好好談過，反而是因為上了很好的一課向我敬禮，所以這件事就此算了吧。』

我努力擠出力氣接在知弦學姊之後開口：

「是啊……他們幫我修好玻璃窗，也幫我把屋子收拾乾淨……」

雖然被隊員們以冰冷眼神看著大量散亂的 H-GAME。無、無所謂！被男性輕蔑根本不痛不癢！…………嗚嗚。

看著情緒低落的我，小真冬不禁露出苦笑：

『啊，可是能夠解開誤會真是太好了。對吧，姊姊？』

小真冬把話題扔給深夏，深夏也硬是堆出笑容：

『喔、喔！是啊！只要真冬能夠平安回來，萬事ＯＫ！』

「關於向特種部隊檢舉我……」

『那、那個最後也是因為我而得救，所以算是扯平吧！吶，對吧？』

「嗯……好吧。」

要說得救的確沒錯。就算抱怨也沒有用。

就在每個人想辦法為今天發生的事妥協讓步時，受到恐懼創傷的會長終於恢復精神，對著畫面露出笑容：

『可是，總覺得學生會，果然就是學生會。』

「…………」

聽到會長這句話，在這之前大家原本扭曲的笑容，總算換上發自內心的笑容。

這麼說來的確沒錯。今天真的……好像回到以前的學生會。

會長笑著說下去：

『真的很不可思議。不是在學生會辦公室，也不是在碧陽，實際上甚至沒有見面，大家明明已經踏上各自的道路……學生會還是學生會。總覺得……這種感覺，真是非常……………非常棒的一件事！』

「是啊。」

全體一致贊同。我們累積各種經驗，每天有所成長，建立別的人際關係……儘管如此，還是存在不變的東西。

漸漸改變與不會改變的事。同時擁有兩者真是幸福。現在的我們可以坦然地這麼想。

我們之間充滿柔和的氣氛。

在這個狀況下，會長打個哈欠。時間確實很晚了。差不多該解散了。

穿著睡衣的會長，代表大家很有精神地開口：

『那麼今天的線上學生會在此解散——！大家辛苦了！』

「大家辛苦了！」

全體面帶笑容回答。啊啊，學生會……果然很不錯。

『呀——相當不錯呢！這已經是例行會議了吧！嗯！』

「是啊。」

全體面帶笑容回答。

於是大家準備解散。像是突然想到什麼的會長開口問道：

『啊，那麼下次要在什麼時候舉辦？』

聽到會長的問題。

我們四人整齊地露出很溫柔……真的是非常溫柔的笑容。

一同說出相同的回答。

「暫時不用了。」

『說、說得也是——』

那天學生會成員按下停止通話鍵的手指，完全沒有絲毫猶豫。

「你、你們趁我不在時做了什麼——!」

by深夏

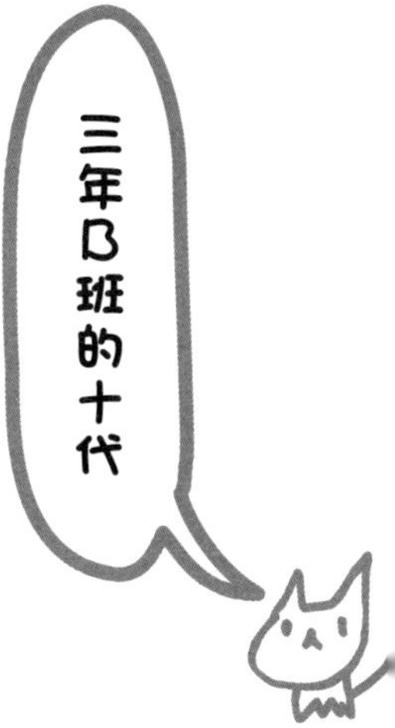

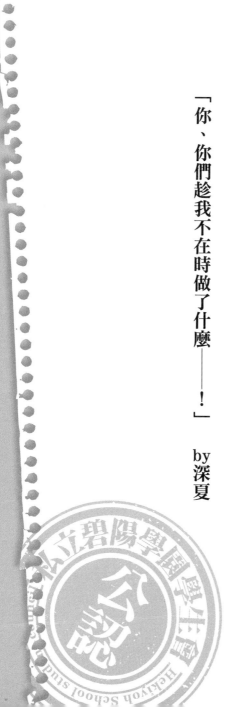

三年B班的十代

「這個週末我要約會！」

「？」

某個夏天的放學後。放學前的班會結束，我拿起包包正要去學生會時，巡發出腳步聲走到我的桌子面前，雙手扠腰對我說道。不只是站姿，就連表情也很生氣。本來應該是這樣，沒想到她的臉紅得像是熟透的蕃茄……

若是用一句話來說，就是滿頭霧水。

「……什麼？」

我稍微愣了一下，好不容易才擠出這句話。巡一邊微微顫抖，一邊眼眶泛淚……然後兇狠地瞪我一眼，最後逃也似地離開。

……這是怎麼回事。就連公認對女人心十分敏銳的我，也完全無法理解她的心情。到底是生氣、害羞、傷心，還是憎恨。然後又是為什麼會從那些情緒發展出要找我去約會。

班上同學陸續離開教室，我獨自呆立在原地。在我的身邊，這次是遺憾帥哥帶著令人生氣的笑容的接近。

巡的弟弟，宇宙守。

「喲，杉崎。你終於做出這種事了。」

「做什麼……我做了什麼？如果是指幾乎投入新學生會本年度所有預算『開發超能力者專用殺戮武器』這件事，目前還在試作階段喔。」

「不是這個——呃，等一下，那是什麼特別企畫!?目標是誰啊!?喂，那是以誰為目標的企畫!?」

「比起那種事，身為超能力者的守，你說我做了什麼事？」

「什、什麼那種事……算了。我是指老姊的事。」

「不，等等。我和巡還沒有發展到肉體關係！」

「我不想聽那種真相報告！」

守露出打從心底感到厭煩的表情吐槽。的確，昔日的情敵與姊姊的戀情，光是想像就忍不住想吐吧……唔。

「因為我的個性出乎意料地是個M！到時候一定是你姊姊主導！」

「不要啊啊啊啊！我會吐！我真的要吐了！」

「到時候會請巡用戴著皮手套的手，輕輕勒住我的脖子！」

「為什麼要說出你的特殊性癖!?與我相比，這樣對你的傷害更大吧!?」
「別在意，守。我在玩弄你時，幸福得什麼都可以不要！」
「一臉爽朗地在胡說什麼！啊——夠了，總而言之！回到老姊的事！別開玩笑了！難道你不想聽嗎!?」
「唔。」
我當然想聽。所以只好停止胡鬧，守也在輕咳一聲之後老實開口：
「杉崎，先前你不是和姊姊說好要去約會嗎？」
「嗯？說什麼先前，那個只是那傢伙單方面……」
「不是這樣。是更早之前。就是新學生會長那件事……」
「咦？啊啊——……」
聽他這麼一說，才想起好像有這麼回事。為了讓西園寺出席學生會，知道她喜歡偶像，於是稍微請巡幫忙。對了，記得當時答應她的報酬……
「咦？可是我好像是答應請她看電影吃飯買衣服……」
「那就對了。對老姊來說，那就是答應約會。」
守以無奈的表情嘆氣。對我來說就只是金錢回報……（而且偶像的時間常受到限制）
我實在無法理解，不由得雙手抱胸：

「約會這種事，不能作為得到幫忙的報酬吧。」

「為什麼？」

「要說為什麼……」

這傢伙問的問題真奇怪。我若無其事地說出理所當然的回答。

「因為我也是超級期待和巡約會，所以根本算不上回報。」

「……這些話不應該對我，而是要對老姊說吧……」

「唔。」

守再次露出受不了的表情。什麼啊，明明是守，居然這麼囂張。

接著守重新回到正題。

「總而言之，在那之後老姊一直等你主動開口。但是你完全沒去約她，所以老姊今天終於等到不耐煩了。」

「嗯？不，比起我，身為偶像的她行程比較緊湊，所以我還以為巡只有在她方便時才會過來找我……」

「……所以說這種話你對老姊說……」

「啊，對喔。」
不是對守，而是對巡……嗯，這倒是真的。
「也是。和守打情罵俏挺噁心的。」
「嗯、嗯，這麼說也是……」
「守這種在《來〇新世界》的世界觀裡，是相當初期就消失的沒用能力。和那邊的守不一樣。」
「…………嗯。」
「既然這樣，應付巡比起你好上一百倍。啊，我說的應付是指那個。也包含肉體的意思喔？嘿嘿嘿嘿。」
「你也太喜歡捉弄我了吧？」
「啊！是嗎？我現在清楚意識到了。我喜歡你。因為……其實我想一輩子捉弄你！」
「就各種角度來說，真是討人厭的告白！拜託饒了我！」
守的眼角泛著淚光。就是因為這種反應，才會讓我想捉弄的心蠢蠢欲動。
我重新背起包包，接著拿出手機，決定在去學生會的途中傳個電子郵件給巡。目的當然是週末的約會。
在我走出教室時，轉身看了一下守。準備回家走向這裡的守一臉茫然地偏頭。

我雖然覺得有些不好意思……還是開口向他道謝：

「那個……謝了，守。」

「喔、喔。」

兩人之間瀰漫尷尬的氣氛。我……重新面對前方，一邊跨出腳步一邊不看守大叫！

「如果我和巡結婚，你就正式成為我的小舅子！滿心期待地等著吧！」

「認真想了一下，真是討厭過頭了啊啊啊啊啊啊啊啊啊啊啊啊啊啊啊啊啊！」

離開大受打擊的守，我打起精神輸入要傳給巡的電子郵件。

＊

星期六。我在車站前坐立不安地等待巡。

因為升上三年級，與前學生會幹部或是妹妹兩人出門的機會急遽增加……不過無論累積多少經驗，還是不習慣這種「等人」。是因為對「約會」這個籠統的字眼過度期待嗎？

話雖如此，這次的對象是巡。雖然最近有點意識到她是女性，不過原本就是很熟的損友。

只要見到熟悉的她，馬上就能恢復平常的情緒——在我想著這些事時。

「啊，杉崎——！」

遠處傳來巡耳熟的聲音。我立刻往那個方向露出笑容揮手——

穿著輕飄飄偶像服裝的巡，以女孩子的跑步方式跑來。

「太不習慣了！」

「抱歉——」巡一邊道歉一邊眨眼，跑到愣在原地的我身邊打招呼：

「我遲到了嗎？」

「啊，不，我也是剛到……才不是！那件讓《這樣算是殭屍嗎？》的春奈來穿才適合的粉紅服裝是怎麼回事！」

「因為是約會，忍不住打扮一下♪」

「這身打扮是用『忍不住』就可以說明的程度嗎！話說妳太缺乏偶像的自覺了！哪有穿著吸引目光的正式服裝與男人約會的偶像！」

「嗯，沒問題，我的醜聞不知為何都會被厲害的組織掩蓋。」

「（是企業啊啊啊啊啊啊啊啊啊啊！）」

我在心中吶喊。突然覺得……最近真的很抱歉。現在回想起來，比起他們對我們造成麻煩的次數，受到他們照顧的次數遙遙領先。

巡以活蹦亂跳的偶像情緒，由下往上看著我：

「怎麼樣？今天的我……可愛嗎？」

「呃……」

不，要說可愛當然可愛。雖然很可愛……

「…………嗯，不過，老實說……」

「嗯！老實說出你的感想——」

「受不了。」

「好，我去換個衣服——！」

話才說完，巡已經拿著包包消失在車站裡。五分鐘後換上背心搭配牛仔褲這種像樣許多的服裝回來。

「那麼走吧，杉崎。」

「喔、喔……」

和平常一樣被個性大剌剌的巡拉著手，往市區的方向走去。在我不禁有點忸怩時，覺得可疑的巡轉頭過來：

「什麼？你怎麼了？」

「咦，啊，不……」

我把頭轉向旁邊，雖然有點臉紅，還是老實回答：

「……果然還是這樣的巡比較安心……那個……我滿喜歡的……」

「笨……！…………！」

「…………」

兩人紅著臉，一言不發往市區走去。

……不管怎麼說，我們的關係似乎一點一滴有了變化。

*

話雖如此，我事前構想的約會計劃全部遭到駁回。

看電影會聯想到演員的工作所以不行。去遊樂園會聯想到綜藝節目的工作所以拒絕。去遠一點的山上或海邊會聯想到出外景所以拒絕。去評價不錯的餐廳會聯想到美食外景

——總之就是這樣，巡真是麻煩。就算發展成戀愛關係，巡還是巡。

至於最後去了哪裡……

「喂，KTV會徹底聯想到唱歌的工作吧？」

「這個沒關係。因為我喜歡。」

「啊，是喔……」

與手拿麥克風，臉上閃耀光芒的巡形成對比，我則是垂頭喪氣。

……為什麼是KTV。不，如果是和其他女孩子約會，兩人在密室獨處並不壞……不過如果對象是巡……

『喝～～耶～～～♪喝喝～～耶～～～♪喝～～耶～～喝～～喝～喝～～耶～～～♪』

已經連歌詞是什麼都聽不出來的噪音傳來……就是這個。崩壞過頭，最近被粉絲評價為「這樣反而是藝術」的歌聲。因為這個評價，唯獨不想要KTV約會。這樣算是拷問吧。

仔細一看才發現巡以「將這首歌獻給你」的表情對我眨眼。然而現在看到只覺得恐怖。原來的歌曲似乎是情歌，好像唱著「急著想要對你傳達這個感情」的歌詞，不過很可惜，在我聽來就像老是欺負人的某個孩子王在唱歌。連哆啦〇夢都要發自內心哭泣了。

但是話說回來，又不能在她面前摀住耳朵，只能抱著色即是空的心情忍耐，這時一首歌終於結束。

巡露出「大功告成」的美麗笑容放下麥克風，然後坐在我旁邊的沙發。

「嘿，唱得怎麼樣？好不好聽？」

那是燦爛無比的笑容。如果是平常，我應該會說唱得很爛，然後開始爭吵……不過她今天是帶著「真期待約會！」的心情來到這裡，實在說不出那種話。

「唔，嗯，那個……心、心意應該傳達到了。」

心意。終究只有心意。歌詞和音準完全沒有傳達。

「真、真的嗎？哎呀——杉崎果然內行！上次和音樂評論家對談時，她也說了一模一樣的話！」

「啊，是喔……」

這是怎麼回事？因為事務所與企業的壓力，被迫要讚美嗎？……多麼無法堅持自我的工作。加油啊，音樂評論家。

想到由我來唱歌消磨時間是比較聰明的做法，用點歌機看著歌曲清單時，巡對我開口：

「我有參與這首主題曲的連續劇演出喔。」

「咦，完全不知道。妳飾演什麼角色？」

「啊——飾演什麼角色呢？你也知道我不知為何很少當女主角，卻經常演路人。那是名配角的王道路線喔。應該是以最佳女配角獎為目標吧？」

看得見刻意運作的事務所與絕對不想採用的制作團隊私下角力，聽到莫名討厭的話題。

「那個連續劇是什麼角色……雖然每次只有一句台詞……」

巡拿著點歌機的觸控筆輕敲太陽穴，努力回想……很好。只要利用這種閒聊打發時間，就不用聽她唱歌了。

好，既然知道要怎麼做，為了讓巡心情很好地聊天，我要盡可能溫和附和她，讓話題延續下去——

「對了對了，是『下次再見了！』！」

「有夠悲傷的一句台詞演員！」

回過神來已經全力吐槽！

不過巡的反應是——

「咦，果然不是……『注意小地方是我的壞習慣』好像說了這句話。」

「妳扮演哪裡來的右京先生！就算是相○，也不要搶了水○豐的角色！」

「題外話，上次我的搭擋是史蒂○席格。」

「妳那個絕對不是『相○』！席格沒有演出那個系列！」

「嗯——還是不對……是『我不要當人類了！』嗎……」

「超級不適合的角色也連續劇化了！」

「啊，對了，適合我的角色是那個，一邊說出像是『明明是靠老爸的關係，還自以為是！』的台詞，一邊駕駛泛用人型決戰兵器的那個。」

「已經完全變成動畫了！」

「不，這不是動畫。是○VA。」

「自己說出作品名稱了！」

「嗯，等等，我好像也說過『爆裂吧現實，迸裂吧精神！』……」

「就說那個是動畫——」

「對了對了，之後我還唱了一首歌。」

「現實的確會爆裂，觀眾的精神也會迸裂吧！不過那已經不能算是視聽娛樂！只是恐怖攻擊！」

「題外話，歌曲名稱好像是『傳染病也想談戀愛！』。」

「拜託先去一趟醫院！為了對方的健康著想！」

「啊，抱歉，我果然沒有在這首主題曲的連續劇演出。」

「那麼這一段在搞什麼！」

吐槽到累的我忍不住喘氣。在如此過程中，巡操作點歌機，還來不及制止便開始對我發動下一首超音波攻擊！

這是什麼！這種波狀攻擊稱不上是約會！偶像有如此程度的破壞力，根本是駭客！在約會途中進行駭客攻擊！

於是我咬牙忍耐音響駭客攻擊，終於唱完第二首歌的巡，再次露出滿足的表情在我旁邊的位置坐下。

「好了，喉嚨也準備好了，接下來要全力演唱 Maximum T〇e Hormone 的歌——」

「妳想殺了我嗎！」

「咦？什麼啊，杉崎？你該不會不想聽我唱歌……」

糟糕。雖然對象是巡，惹約會對象生氣果然不太妙。

「我、我沒那麼說。那個，先喝個飲料休息一下吧？」

「嗯……那我就放心了。」

巡邊說邊把點歌機放下，聽我的話喝飲料……呼，總算可以喘口氣——呃。

「啊，巡，那是我喝過的飲料……」

「咦？」

感到驚訝的巡雖然把吸管拿開，不過已經來不及了。間接接吻完美成立……

「…………」

「…………」

室內瀰漫尷尬的氣氛……這是怎麼回事？去年明明完全不在意這種事。甚至很普通地輪流喝。

「請用點歌機選擇喜歡的歌曲！」

大概是因為在操作點歌機的途中被打斷，從正前方的螢幕傳來開朗的指示語音。我和巡趁這個機會移開視線，重新對話。

「好、好吧，我也來唱歌好了——」

「是、是啊，嗯。難得有這個機會，你也多唱一點。」

「喔、喔，唱歌吧～」

我一邊回應一邊為了在這個帶有尷尬氣氛的室內播放音樂，從類別一覽畫面隨便選曲送出——螢幕上出現的是……

『獻給妳的愛之歌～已經不甘於朋友～』

「…………」

「…………」

伴奏音樂開始，螢幕上出現歌詞，接著是主歌。不過歌詞是——

『一直隨意相處的我和妳。不知道從何時開始，這才發現視線經常只看著妳～』

——是這種很難唱出口的內容。我用不確定的感覺小聲哼唱，就像用鼻子哼歌一樣跟著旋律一起唱。

我當然是滿臉通紅，就連巡也露出非常尷尬的表情……誰來救救我們。這個ＫＴＶ是怎麼回事？第一次覺得唱歌這麼痛苦。

忸忸怩怩把歌唱完，ＫＴＶ的計分系統顯示低得嚇人的分數，我坐回沙發上，再次操作點歌機。雖然已經完全沒有心情唱歌，不過視線和巡對上也很尷尬。

就在我默默移動觸控筆之時，像是要換個氣氛，把臉湊過來的巡說聲「啊，這首這首。」用手指比著畫面。

「我有在這首主題曲的連續劇演出！」

「咦，我完全不知道……呃，剛才好像也有過這樣的對話……」

這種感覺……難道這是火影忍〇裡宇〇波一族流傳下來的幻術——

「伊邪那美。」

「為了什麼!?不要企圖讓約會對象掉進無限迴圈!」

「因、因為……」

「因為什麼!?」

聽到我的問題，巡突然起身用力瞪著我，有點自暴自棄地含淚反駁：

「祈求這段時間可以一直持續下去，有那麼過分嗎!?」

「咦？」

面對摸不著頭緒的我，巡進一步發動攻勢：

「我也沒辦法，因為這是一直以來的夢想！什麼啊！品味幸福有錯嗎!?認為在兩人獨處的密室感情很好地度過很幸福，有什麼不對!?」

「喂、喂，巡，妳先冷靜——」

「沒有錯！因為單戀太久，這種程度的事對我來說，幸福指數已經是ＭＡＸ！沒辦法！因為我現在喜歡你的程度，連自己都感到害怕！啊——真的好喜歡！」

「……喔、喔。謝謝……」

「不客氣！」

大聲喊完的巡喘個不停，在我身旁坐下。

……糟糕。臉頰好像越來越熱了。這是什麼。從來沒有接受過如此直率的好意，這下子真的不知該如何是好。

「…………」

兩人只是默默並肩坐著。彼此羞紅著臉看著地上，只要膝蓋稍微碰到就會反應過度地嚇一跳，重新保持距離。

眼眶含淚的巡連自己也沒有察覺，只是無意識地喃喃自語：

「什麼嘛……只有我……這麼…………真難看……」

「…………」

面對那樣的她，我不確定是否應該開口……這種狀態一直持續到店員打電話通知時間到了的鈴聲在室內響起。

＊

走出ＫＴＶ時已經過了中午，於是決定去吃有點晚的午餐。

兩個人話不多地走在開有許多餐廳的街上。雖然不是完全不出聲，不過也不算是對話。開口、回應、結束。開口、回應、結束。以格鬥遊戲來說，都是單下普通攻擊，沒有連技的感覺。基本上有對話……不過感覺不好。

由於是這麼不自在的氣氛，所以遲遲沒辦法決定要去哪裡吃飯。雖說在ＫＴＶ裡多少吃了一點東西，不過肚子越來越餓的我硬著頭皮炒熱氣氛⋯

「好了，先來決定種類吧，巡！」

「那就高學歷歌手。以知性美女的身分上問答節目。」

「不是問妳的種類！」

雖說我正在炒熱氣氛，巡的反應還是一樣冷淡。但是我不放棄，繼續對話⋯

「是在說吃飯的種類！看是喜歡日式西式中式哪一種，總之先決定大方向！巡有什麼想吃的嗎？」

「唔——嗯，沒有特別的……」

呃，搞錯問法了嗎？好，既然如此，那就反向提問。

「那麼說說看有什麼不想吃的？」

「咦？這個嘛………塑膠之類的？」

「一般人都不會想吃吧！不是這個！我是指食物裡不想吃的東西！」

「難吃的東西。」

「我想也是！那麼說也沒錯！範圍再縮小一點！」

「ＯＬ為了報復性騷擾的課長，故意泡的臭茶。」

「不是擰乾抹布的感覺！我是叫妳縮小午餐的種類！」

「使用模範生點心餅與醋飯做成的嶄新肉類料理。」

「縮小過頭了！妳想對哪裡的『料理鐵人』點餐！話說稍微動一下腦筋！我在徵求午餐的意見！只是想決定要去哪家店！ＯＫ!?」

面對激動不已的我，巡不由得直眨眼睛。看來似乎已經脫離發呆狀態。

「ＯＫ。抱歉，我好像一直在發呆。午餐對吧？」

「很好！那麼重新來過！妳有沒有想吃的東西？巡！」

聽到我直逼核心的問題，巡完全恢復往常的她，挺起胸膛很有精神地回答：

「大約十五分鐘前經過的日式料理店不錯！」

「現在才說啊啊啊啊啊啊啊啊啊啊啊啊啊啊啊啊啊啊啊啊啊啊啊啊啊啊啊啊啊！」

因為這樣。

我們往回走了約十五分鐘，才在那家日式料理店吃午餐。

＊

「唔——嗯……」

吃完飯後正在喝熱茶時，我忍不住唸唸有詞。

巡疑惑地偏頭：

「怎麼了？如、如果是求婚的時機，現在也可以喔。」

「不，不是那個。」

我隨口回應。巡雖然不高興地嘟起嘴巴，不過現在有比那個更加在意的事，所以這也是沒辦法的事。

煩惱了一會兒，認為不說出來也無法解決任何事，於是下定決心開口：

「和妳吃飯時……不知怎麼……一直想起來……」

「什麼？該不會是其他女人的事吧？」

「嗯，是啊，這麼說，也沒錯……」

「喂，這算什麼，不管怎麼說都對我太失禮——」

就在巡正要發怒的瞬間。我小聲說出……那個一直出現在腦裡的女性名字。

「是關於我在京都遇見名為『月夜』的舞妓……」

「噗！」

「哇啊，好髒！」

巡突然噴出口中的茶！幸好我閃過了，不過還是弄髒桌子。巡一邊用濕毛巾擦桌子，一邊無意義地低下頭發問：

「為、為什麼，又說那種事……」

「不，我也搞不懂為什麼。和妳吃日式料理，突然想起與月夜小姐在吃湯葉料理時的事……真是搞不懂——」

「是、是嗎？不過多少都會有這種事吧？」

巡的態度似乎有點疏遠。在約會當中聽到別的女人的事，多少覺得困擾吧。不過我明知這一點……該怎麼說，腦中還在不停浮現月夜小姐的身影，這是為什麼？

我把手肘撐在桌上，出神地回想她的模樣。

「話說回來，月夜小姐果然很漂亮……」

「是、是嗎？」

「嗯。雖說舞妓只要穿上那種服裝和化妝，不管是誰看起來都像美女……不過仔細想想，真正的美女果然還是不一樣。」

「是、是嗎……」

仔細一看，巡的耳朵不知為何變得好紅。咦？不需要那麼認真擦桌子啊……啊啊，因為偶像把茶噴出來很有問題，所以盡可能想消除痕跡吧。巡在這方面果然是專業人士……說到專業人士。

「月夜小姐應該還在舞妓的領域努力吧。」

「唔，嗯，應該在努力琢磨技藝吧。」

「咦？為什麼是由沒見過面的巡回答？」

「沒、沒有啊，這是想像、想像！話說回來，把話題扯到月夜小姐的人是你吧！」

「嗯，話是這麼說沒錯。」

連自己也覺得有些不可思議。居然在約會途中想到其他女性。

「對了，仔細想想，月夜小姐好像和誰很像……」

「嘿、嘿嘿嘿、嘿～」

巡不知為何發出怪聲音，大口喝下冒著蒸氣的熱茶。應該很燙吧。

我一邊努力回想月夜小姐的外表細節，一邊低聲說道：

「對了……月夜小姐像……那個……」

「咕嘟……呃……像、像誰？」

巡一邊咕嚕把茶吞下去一邊詢問。我……保持用手撐著額頭的姿勢回答：

「北極熊……」

「只是在說她白吧！至少拿人類來比喻吧。太失禮了！」

巡莫名激動。雖然有點不講理，不過我也覺得不是北極熊，碎碎唸了一聲「人類……」繼續思考。然後……

「放置在第三新東京市下，NE〇V的地下模擬插入栓裡的那個……」

「莉〇斯！依照解釋或許是無上的人類沒錯！而且也是白的！可以不要用那個來形容女孩子的外表嗎!?」

「那麼想利用死亡〇記本成為新世界的神的那個人……」

「只是名字像吧！的確有月也有夜！可是！」

「啊，月夜小姐該不會是 GOLDE 〇 BOMBER……」

「並沒有！話說你對月夜除了塗白以外沒別的印象嗎!?不管怎麼說都太失禮了！」

回頭神來才發現巡怒氣沖沖。我不解地歪著頭：

「為什麼妳從剛才就一直生氣？」

「咦？啊……」

巡的臉上突然冒汗，這是怎麼回事？為什麼提到月夜小姐的事，這傢伙會變得如此動搖……難道說……

「難道說……巡……妳……」

「唔!?」

巡的視線四處游移。我因此確定了。我果然對女人心很敏感。這傢伙一定……沒錯。

我嚥下口水……露出笑容指出問題：

「對了，因為我一直提到其他女人，所以嫉妒了吧？妳這傢伙！」

「咦？……………啊——……………嗯，是啊。」

巡以頓時失去感情的表情同意。果然是這樣嗎！呵呵呵，我果然是心思敏銳的主角！普通戀愛喜劇的主角直到最後都不會發現這一點！

在我心中充滿喜悅之時，巡好像在自言自語「有種令人懷念的挫折感……對了，就是這樣……杉崎鍵就是這種男人……」。

如此這番，雖然最後連月夜小姐像誰都搞不清楚，不過因為發現巡在嫉妒，心情也變得輕鬆許多。

我們再喝了一杯熱茶，便離開日式料理店。

＊

在那之後也沒做什麼特別的事。

由於已經到了傍晚，用餐之後，兩人去平常沒有機會的逛街，不過巡的反應平淡……至於我也沒有特別想買的東西，所以也沒有做什麼，時間平淡經過。

兩人沒有吵架，也不會劍拔弩張……話雖如此，氣氛也不是很熱烈。而是非常自然的狀況。這麼說或許有點怪，比較起來兩人激動吵架還比較好。與巡「普通」度過的時間，感覺……真是奇妙。和其他人都沒有這種感覺。

沒有做什麼，只是兩個人一起逛街。

就在這樣的過程中，經過時鐘廣場的鐘剛好告知時間是下午六點。我們心裡雖然各自想著「差不多該解散了」不知為何沒人開口。

相反地，由於巡不發一語往廣場的方向走去，我也繼續跟著她走。

街燈與長椅包圍設有大鐘的噴水池。由於這裡臨近碧陽學園，所以平常有許多學生在此聚集，假日反而沒什麼人。

在布滿暖色系燈光照明的無人廣場，雖然是平時看慣的場所，還是感覺有些幻想。我和巡不自覺地走到噴水池前面。

兩人出神地看著噴水池。雖然沒有燈光藝術那麼華麗，不過裡面的光線以固定周期切換，改變噴水池的顏色。

看著這個場景的兩人沒有說話，然後在噴水池的顏色變成藍色時，巡開口了：

「……果然還是當普通朋友比較好嗎？」

「咦？」

我驚訝地看向巡。不過她還是以平靜的眼神看著噴水池。

巡沒有看向我，只是繼續說道：

「我喜歡你。這一點到現在還是沒有改變。不如說心情反而變得越來越強烈，連自己都嚇了一跳。為什麼會覺得這個後宮混蛋不錯，但是看到你為了新學生會努力的模樣，不知為何比起嫉妒，更是覺得憐愛。已經沒救了。」

「……謝謝。」

在我搔著臉頰時，巡突然轉過視線。然後……

「可是，你對我的感情大概不一樣吧？」

「…………」

在我突然愣住陷入沉默時，巡露出苦笑把視線轉回噴水池。噴水池的顏色變成黃色。

「你一定是這麼想吧。『當朋友時比較像我們』這樣。」

「不……」

「不用否認也沒關係。因為我也是這麼認為。比起現在，之前那樣絕對『比較像我們』。這點不管在誰看來，都是明顯的事實。」

「不，所以說──」

我有很多話想對她說。但是巡不給我機會，一個人說下去：

「儘管如此，還是多少抱著希望。不過經過今天的約會，我確定了。不管任何時候……只有我老是緊張兮兮。你從那個時候到現在一直沒有變，你還是你……雖然這樣不完全是件壞事……」

這時巡像是要把所有的感情全部收回一樣露出苦笑：

「老實說，我覺得很累。一直以來都是我單方面的喜歡。」

「那個，巡，所以說——」

「哈哈……真是傷腦筋——我以為自己是個性堅強的女性。啊——啊，真是差勁。像這樣把沒出息的心情硬塞給別人，是我最討厭的……麻煩的是現在的我就是這樣。」

「喂，聽我說。巡，我——」

「剛才也說過，我覺得『只當朋友時』還比較好也是真心話。所以說，杉崎。」

巡說到這裡停頓了一下，然後面向我。這時噴水池的顏色變成紅色。

在周圍滿是紅色光芒時，她……露出不知道是今天第幾次的苦笑，發自內心感到無奈的笑容……對我提議：

「沒關係，你不用勉強配合我的心情。如果你想要當朋友，那麼我——」

啪嘰。腦中好像有什麼東西斷掉了。

回過神時才發現我——

「嗯——!?」

「（!?）」

——不知道在什麼時候，用自己的嘴堵住她的嘴。

近在眼前的巡睜大眼睛。至於我也是一陣混亂，雖然滿臉通紅，不過不但沒有放開，反而用力抓住她的肩膀，繼續壓住她的嘴唇。沒有任何浪漫氣氛，是個既粗暴又亂來的吻。

儘管如此，以紅色噴水池為背景，兩人的身影繼續重疊。

那個動作到底維持了幾秒鐘？感覺好像只有一瞬間，卻又像是失去意識那麼漫長。

回過神來才發現巡把手放在我的腰上。這個瞬間，巡充滿女性柔情的反應比接吻更加讓人不好意思，我連忙退開。

「…………」

臉頰泛紅恍惚看著我的巡進入視野，我急忙轉身背對她……因為實在太可愛，要是繼續看著她，不知道自己會做出什麼事。

我用力閉上眼睛低頭，自暴自棄地對背後的巡大喊：

「不、不不不、不要擅、擅自，推測我的心意，擅自做出結論，這個混帳！」

「……啊？」

看到我做出不像是接吻之後該有的理智斷線的反應，巡不禁發出疑惑的聲音……啊啊，真是的！連我自己也搞不懂！老實說完全沒有接吻的打算！可是……可是再也聽不下去巡說的話也是事實！

更重要的是——

「雖然守也提醒過我……要是我的心情完全沒有傳達，那是我的錯！實在很抱歉！自稱後宮之王……平常只會說好聽話，在重要時刻居然無法好好傳達心意，愚蠢也要有個限度！為此打從心底反省！我反省了！」

「啊……」

巡軟弱地回應。不過我不理她，繼續說下去：

「但是！就算是這樣，說我對妳的心情完全沒有改變這種話……怎麼可能沒有！妳說看起來完全沒有改變嗎？那是當然的！因為我拚命壓抑心跳加速的感覺，努力保持正常！」

「啊……」

「可是那種態度不必要地讓巡不安，真的很抱歉！可是……可是！說我完全不在意妳，那怎麼可能！因為……」

「因為？」

「因為……」

我用力握緊拳頭……身體以難以置信的程度變熱，大喊出聲：

「剛才那些，是我的，真心話！啊啊，真是夠了！讓之前的損友抱持那種期待真是抱歉，可惡！我可是大受好評的處男高中生！」

「……噗！」

巡突然噗嗤一聲。懷疑地回頭一看……只見巡以受不了的模樣，捧著肚子忍不住笑道：

「啊哈哈哈哈哈哈哈哈哈哈！呵呵……哈哈，啊——好好笑！啊哈哈！」

「什、什麼啦！到底是誰害我要像這樣把羞恥的內心話全部說出來——」

「啊哈哈哈！噫——……真的，好像笨蛋一樣。我們果然一點也沒變。」

「……咦？」

看到因為無法理解而眨動眼睛的我，巡一邊露出打從心底感到好笑的笑容一邊說道：

「彼此都抱持無聊的欲望，但是經常擦身而過。這是怎麼回事。打從第一次見面到現在，完全沒有改變。我們果然……是我們。」

「巡…………沒錯吧。」

我也忍不住笑了。就是這樣。真的……一點也沒變。仔細想想，就算對彼此的心意多少有些改變，不過我是我，巡還是巡。這一點不但沒有變……說不定根本不需要擔心不必要的關係。

巡笑了一會兒，最後揚起嘴角向我伸出右手：

「我要收回剛才的話。說什麼回到朋友關係，好像笨蛋。因為我們打從一開始就是同學、損友……然後，也不是戀愛關係。硬要歸類其中一種的想法，本來就是錯的。所以說……重新來過，請多指教！這次要毫不掩飾地做我和你！」

「啊啊……請多指教，巡。雖然我這麼沒用……」

「啊哈哈，我知道！不過沒關係，我就是喜歡你這點！」

「……真是的，就是因為妳講話太不含蓄，所以我才會這麼難開口……」

我一邊感到不好意思，一邊與巡握手。

這個瞬間，彷彿是在祝福我們，噴水池閃耀七彩光芒。

看到完美過頭，有如連續劇裡的發展，我和巡愣了一下……然後相互看著對方的眼睛，再一次大笑。

就像以前的我們一樣。

以我們現在的距離。

＊

「杉崎！你今天不用去學生會也不用打工吧！」

「呃，巡。」

週末過後，星期一的放學後。在我準備回家時，很不幸地被巡逮住。我偷偷移開視線，不過巡用力拍打桌子，以驚人的氣勢靠近我。

「為什麼沒有跟我報告這件事!?說啊!?」

「因、因為，要是向妳報告……」

我珍貴的放學後一定會無所事事地浪費。我已經看得很清楚了。

像是要尋求認同，我把視線看向守。他嘆了一口氣，很有義氣地走來幫我仲裁……這傢伙人也太好了吧……好到讓我感到悲哀的地步。

「別來煩他，老姊。老姊也知道對杉崎來說，不用去學生會也不用打工的日子有多麼珍貴吧？放他一馬——」

「看吧，守也是這麼說！如果是打工他隨時可以代班，不用覺得今天有什麼特別！」

「我可沒說!?老姊!?」

「……既然你那麼說，那麼我很樂意與巡一起行動……」

「喂，不要擅自幫我決定好嗎!?我才沒有要幫杉崎代班!?」

「就這麼決定了，杉崎。那麼今天就陪我吧。」

「ＯＫ。作為交換條件，今後一個月守要免費替我代班，這真是太划算了。」

「那是什麼條件！等、等一下，我才不做那種——」

「好，那麼交易成立，杉崎！」

「喔，這就是所謂的雙贏吧！」

「贏的人是你們吧！因為最大的輸家是我！」

「好，回家吧，巡！」

「好啊，杉崎！」

「我的存在對你們來說只有這點用處嗎！」

耳邊好像有隻煩人的蒼蠅，應該是我想太多了。

就是這樣，我從座位起身準備和巡回家。

踏出教室時，耳中傳來守帶著嘆息的自言自語：

「真是的，這兩個人還是一樣……」

聽到這句讓人有點無奈又有點高興的話。

或許真是這樣，我和巡一起感到認同。

「那麼走吧，杉崎！去逛街！」

「啊!?不是只有回家嗎！」

「你在說什麼！星期六的約會完全忘了要你買衣服給我，所以今天去買吧！題外話，要算利息所以是兩件！」

「什麼利息！真是的，明明是偶像，居然這麼斤斤計較……」

「吵死了，總比小氣的後宮王好吧！」

「啥啊？」

「怎樣!?」

正如大家所見，我們的關係還是沒有改變。即使彼此告白喜歡對方，不過這是兩回事。

「啊啊，真是的！話說你走太慢了！走快一點！」

所以大家對我們的戀愛報告抱持過度期待，我也很困擾。想要讓轉學的某個好友第一個看到這份原稿，他在看完之後馬上用電子郵件抱怨，不過這也是沒辦法的事。

「是妳走太快了，巡！多少顧慮一下我！打從剛才開始，因為妳的關係——」

畢竟那是我和巡。只有這一點完全束手無策。就算抱怨缺乏精彩的戀愛故事，但是這種事誰管你啊。

既然是我和巡的故事，以這種毫無改善的互動收尾，就某種意義來說，可以說是必然的結果。

……………嗯，只不過……

「——手，好痛！輕一點，這個怪力偶像！」

「吵死了！你才是滿手手汗，噁心死了，這個後宮王處男！」

也有些景象與二年前相比，有了劇烈改變。

「我成為後宮王了嗎？」

by杉崎

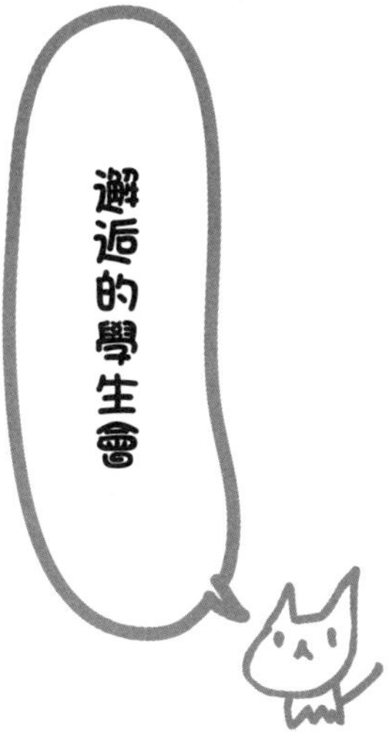

「很多事情都要學習前人的智慧！」

會長一如往常挺起小胸膛，得意地說著從書裡看來的名言。

不過下個瞬間，水無瀨立刻發言：

「是啊，的確沒錯。說得極端一點，所謂的知識全部歸類在『前人的智慧』這個類別。不過仔細想想，對於刻意強調『前人智慧的偉大』反而有些抗拒，甚至讓人覺得傲慢。關於這一點，櫻野前會長有什麼看法？」

「咦？啊，唔……？」

面對至今為止從未有過，有如怒濤洶湧的反擊，會長不由得僵硬。

看不下去的知弦學姊露出有些無奈的表情伸出援手：

「這種考察有點離題，還是之後再討論好嗎，水無瀨同學？」

聽到知弦學姊的話，水無瀨也老實同意：

「說得也是。不好意思，忍不住插嘴了。請繼續，櫻野前會長。」

「咦，啊，唔，嗯……」

會長雖然勉強回答，不過氣勢已經沒了大半。只見會長眼神游移，開始語無倫次地解說今天的企畫。由於說明得不好，所以很難理解。

沒辦法，只好用我的方式，把情況發展成如此不可思議局面的理由——今天的宗旨做個整理。

今天原本是「學生會校友參觀新學生會的活動」的企畫。

不過看到這個慘狀大概就能猜到，目前在這裡的人只有我、（前）會長、知弦學姊、水無瀨流南四人。剩下的五名參加者……椎名姊妹、西園寺筑紫、日守東子、火神北斗目前都是遲到中。

不過椎名姊妹是因為天候不佳的關係，使得飛機延誤抵達，所以是沒辦法的事。問題在於新學生會成員，這些人遲到的理由則完全不明。雖然對我和水無瀨來說，新學生會的步調不一是常有的事所以已經習慣……

在會長說明現況之後，不知為何露出笑容的知弦學姊把視線轉到我的身上：

「那麼KEY君，深夏和小真冬是因為天候問題所以沒辦法，但是為什麼除了你們，其他新學生會的成員還沒到呢？」

「呃……這個嘛……」

「我們今天來參觀學弟妹們的活動情形，為了能夠放心，特地選在平日過來。現在的學生會成員難道不了解這一點嗎？」

「唔……那個……呃，沒有這種事……」

說不定有。以成員來說。不，因為對知弦學姊等人抱有敵意才做出這種事……的病嬌不是沒有。雖然那麼說，也有覺得麻煩所以翹掉這個企畫的……腐女。不、不過，嗯，至少現任會長很有心，也為了今天的企畫鼓足幹勁，所以一定會參加——雖然無法參加的可能性更高，嗯。

糟糕，完全想不到藉口。

由於知弦學姊的視線太過刺人，忍不住看向會長，發現原本是以天真無邪的心情抱持期待，此時卻露出有點生氣的模樣……太難堪了。非常難堪。

而且兩人還特地穿上碧陽的制服……以帶點 COSPLAY 的狀態參加企畫，所以包含白忙一場的感覺在內，真的太難堪了……

碧陽沒有注重上下關係的校風，在學生會方面，學長姊學弟妹的關係更是有等於沒有，不過就算是這樣，迎接校友時有超過半數的學生會成員不在，這個情形果然不太妙。實在太失禮了。

原本期待與新學生會見面的會長情緒低落，看到這個狀況的知弦學姊有些不耐煩，察覺這點的會長為了炒熱氣氛說出令人懷念的名言，水無瀨卻沒有察覺這個氣氛出聲吐槽，再次惹得知弦學姊不高興。

……說明到此結束，我想大家應該都理解了。

現場的對話完全停頓。

「…………」

陷入一片沉默。這時唯一參加的新學生會成員水無瀨──

「好了，今天來念數學吧……」

「（這傢伙……！在這種狀況下居然打算念書……！）」

雖然沒有惡意，還是在桌上攤開筆記開始用功！不，雖然和平常一樣！在我和新學生會的成員看來，是完全不覺得生氣的舉動！不過現在這是……！

「…………」

「（啊啊！知弦學姊的笑容好恐怖！）」

看到沒有被當成校友、無視過頭的態度，知弦學姊笑容的黑暗光輝越來越深。
知弦學姊代替因為剛才的反駁對水無瀨心生怯意的會長，以有些不耐煩的表情開口：
「那個，水無瀨同學？」
「是的，有什麼事嗎，紅葉前書記？」
水無瀨以毫不膽怯的模樣回應。知弦學姊露出笑容詢問：
「為什麼在念書？」
「嗯？我不清楚這個問題的意圖。學生用功念書有問題嗎？」
「啊，妳不知道所謂的ＴＰＯ嗎？」
「很抱歉，ＰＳＰ版的『命〇傳奇』目前已經賣完了。」
「我不是在說ＴＯＰ！話說為什麼是遊戲店店員的應對!?」
對於水無瀨的我行我素，知弦學姊感到很驚訝。因為實在太失禮，我用手肘頂了一下水無瀨。水無瀨則是用力回瞪。
「（杉崎同學有事嗎？你是只會用暴力表現愛情的人嗎？）」
「（我只是稍微頂一下！不是這個問題！妳對學姊的態度為什麼這麼失禮！這種態度只有在面對我的時候！）」
「（你在說什麼？我有自信打從出生以來，沒有對人擺出失禮的態度。）」

「（妳的自我認知未免太過偏差！不，總而言之，拿出誠意應對知弦學姊她們！她們可是學姊，學姊！）」

「（咦？喔。我好歹還算尊敬……）」

不行。這傢伙完全無法理解。我想要更進一步提醒，為了不被會長和知弦學姊聽到，把臉湊近水無瀨的耳朵——

「哼……看來 KEY 君與水無瀨同學感情還不錯嘛。」

「呃。」

回過神來，發現知弦學姊面帶微笑看著我。我不由得冷汗直流。

面對在水無瀨的耳朵旁瞬間僵硬的我，水無瀨說了一句：

「惹學姊不高興的人其實是你吧？」

「是誰的錯！是誰！」

我忍不住氣得大叫，水無瀨還是面無表情裝傻。這傢伙打從一開始就不覺得自己有錯！

在我煩惱該怎麼辦時，會長在旁邊出聲安撫：

「好了好了。哎、哎呀，杉崎的個性本來就是不管跟誰都混得很熟！水無瀨同學應該完全沒有惡意才對！開、開心地聊天吧！」

看到擠出笑容拚命打圓場的會長，原本緊繃的氣氛突然安靜下來……大人！會長是成熟的大人！了不起！這就是大學生的能力嗎！

「原來如此。」如此說道的水無瀨先是闔上筆記本，接著向會長低頭……喔喔！

「實在很抱歉。一不小心就依照平常的習慣，沒有任何說明，做了自以為是的舉動。」

「咦？啊，不，完全不會！嗯！不做任何說明，做出自以為是的舉動這種事，是除了我以外的所有人都會做的事！」

會長笑著回應。我則是拚命忍耐不吐槽。知弦學姊也不再露出扭曲的笑容，在我撫著胸口鬆了口氣之時，水無瀨也以稍微安心的表情說下去：

「我，水無瀨流南，今天要用功念基礎數學，有事請叫我一聲。完畢。」

「關於這點道歉!?」

在所有人一臉錯愕之中，水無瀨以「責任已盡」的表情繼續用功……對於她令人驚訝過頭的態度，我小心翼翼偷看知弦學姊的反應……

「……呵、呵呵……」

啊啊，居然露出不知道在想什麼的恐怖笑容！不行，我得想辦法幫忙說話！

「不、不是，妳看，水無瀨本來就是這種人！對吧？會長？」

「咦，啊，唔，嗯。感覺確實是這樣，嗯。」

我和會長兩人交換不自然的笑容。我繼續打圓場：

「大、大家放心！其他成員對別人該說是更有興趣……還是更、更開放，嗯！」

聽到我拚命說明，知弦學姊終於放鬆回應：

「嗯，是啊。姑且不論優秀名額，學生會基本上是全校學生以人氣投票選出來的。外表與人品良好是理所當然。姑且不論優秀名額。」

「呃，嗯……」

雖然有點在意話中帶刺攻擊水無瀨與去年的我，不過看到知弦學姊願意和我對話，就是很大的進步。

我只能繼續說下去：

「這點不用擔心！其他成員外表端正不用說，也都是積極參與學生會活動的健全——」

話說到這裡的瞬間，門突然發出「嘎啦嘎啦！」聲響——

「大家好——我是書記日守東子，在pix○v上搜尋正太色情圖片所以遲到了——」

戴著口罩與假髮的超級可疑人物一邊說著差勁的遲到理由一邊走進學生會辦公室。

「到底有多麼不會看氣氛啊，啥啊!?」

對於在最壞的時機出現的口罩女，我趁勢上前抓住她的胸口。「啥？」她也回瞪我並且一把抓起我的胸口。

「啊？幹什麼，想打架啊？用降魔劍砍你喔，混帳。」

「吵死了，妳才是光明正大地用不像樣的理由遲到吧，啥啊？」

「啊？光是有過來就該感謝了。杉崎，你最近會不會太囂張了一點？居然想以我的男朋友自居管我，噁心死了——」

「啊？妳說誰以男朋友自居了？基本上我對妳與其說是男朋友，心態更像是監護人。笨蛋——笨蛋——」

「啊？我不是笨蛋——我可以輕鬆背出九九乘法表——」

「這個基準就代表妳是笨蛋！不，真是的，不是這樣，現在是在說今天有客人！而妳居然大搖大擺遲到……」

「客人？啊啊，反正應該又是風見過來採訪……」

日守一邊開口一邊躲開我，往室內踏進一步。

然後……會長與知弦學姊以有點困擾的表情點頭示意。

那個瞬間。

「啊…………………………妳們好………………我是日守。」

剛才的氣勢瞬間消失，只見日守突然變得十分老實。

我一邊發笑一邊開口：

「妳怎麼怕生啦。」

日守紅著耳朵轉頭瞪我：

「我、我我、我才不是怕生！是狐假虎威！」

「誤用成語還說得這麼流暢。好了，不要緊張，好好打招呼，她們可是學姊喔。」

「少……少囉嗦！誰管你啊，白痴！」

「啊，喂！」

日守甩開我之後走開，然後不知為何在知弦學姊的身邊停下腳步，以瞪著她的模樣往下看……啊，對了，日守這傢伙之前好像說過討厭前學生會的所有人……

在我想起這件事時，為時以晚。

日守以恐嚇的語氣對知弦學姊開口：

「……那裡，現在是我的座位。」

「咦？」

知弦學姊愣在原地。糟糕，我不由得緊張起來。

沒錯，會長和知弦學姊大概是因為長年的習慣，雖然事前在牆邊準備校友參觀用的座位，不過兩人還是各自坐在會長與書記的位置。然而直到剛才一直處在緊張狀況，我實在找不到吐槽的時機與勇氣……結果拖到現在還是保持原本的座位分配，只是沒想到居然是以最糟糕的方式告知……

在會長「啊，我也坐錯了！」連忙打算起身時，知弦學姊抬頭看著日守微笑開口：

「哎呀，真是抱歉。我不知道是妳使用『我的座位』。」

「啥……」

面對知弦學姊的回應，日守露出明顯不耐煩的樣子。沒有我和會長介入的餘地，她也立刻回嘴：

「啊啊，難怪這個學生會裡這張椅子狀況最差。」

「……什麼意思？」

「沒事，沒什麼。只不過我平常就在想，從這張椅子的狀況來看，去年一整年應該是由學生會裡體重最重的人使用吧——」

「…………」

啊啊，知弦學姊拿在手上的鋒利鉛筆發出「啪嘰！」清脆的聲音！

在兩人噴出激烈火花時，悄悄來到我身邊的會長以快哭的眼神由下往上看著我：

「嗚嗚，杉崎……」

「會長………對不起，雖然很想安慰妳，不過我現在也很想哭。」

真是奇怪。在新舊學生會全員到齊的企畫階段時，明明是一片和諧充滿歡樂的畫面。真正到了這個時刻……總覺得這才是順理成章的發展，反而讓人意志消沉！

不知道會長是不是也這麼認為，只見她以有氣無力的表情開口：

「抱歉，杉崎……」

「咦!?為什麼會長要道歉!?」

驚訝的我打從心底摸不著頭緒，會長以無精打采的模樣開口：

「因為這個企畫是我提出來的……」

「不，我和西園寺——現任會長也是充滿幹勁，深夏和小真冬也想看看好久不見的學生會不是嗎！所以會長完全不需要道歉……」

「可是……知弦一開始有點反對。」

「咦？」

我還是第一次聽到這件事，不由得看了知弦學姊一眼。只見她依然穩坐在書記座位上，與日守激出火花。會長也以複雜的表情看著她：

「知弦說過……新學生會的人或許不樂於看到我們。所以不希望給 KEY 君添麻煩。」

「咦……」

「可、可是，杉崎對我的提案興致勃勃，才會以為應該沒問題。原本心想新學生會的人一定可以和我們感情很好地開心聊天……」

看到正在激烈爭吵的知弦學姊與日守，會長忍不住嘆氣：

「啊——真是的。知弦平常應該更加成熟……不過果然還是變成這樣。真是沒辦法。」

「…………」

「抱歉，杉崎。如果是那樣，讓我們在新學生會的會議結束後，稍微參觀一下學生會辦公室就好——」

「會長也是。」

「咦？」

我彷彿要打斷會長的話一般開口：

「會長不用那麼成熟沒關係。這裡……就是這種地方。」

「杉崎……」

聽到我的話，會長的眼眶瞬間變得濕潤。然後稍微低下頭……這次換上有如小孩子嘟嘴的表情，對我提出任性的要求：

「杉崎！我想要更加歡樂熱鬧的學生會！」

「了解，會長！」

看到對彼此大喊的我們，原本正在爭吵的兩人當然不用說，連集中精神用功的水無瀨也睜大眼睛，不可思議地看過來。

在大家的視線都集中在同一點時，我露出笑容開口：

「那麼從現在開始，就算要用拖的，我也要找回其他成員！請稍微等我一下！大家要好好相處！知道嗎！」

「啊……」

知弦學姊看著我和會長，似乎察覺什麼，悄悄站起來把座位讓給日守。看到日守以有點尷尬的表情坐下來，覺得沒問題的我放心走出學生會辦公室。

我把門關上，一邊計畫先去找誰，一邊走向走廊時，背後突然傳來開門關門的聲音。回頭才發現知弦學姊追了出來。不禁擔心知弦學姊該不會是受不了與日守她們一起待在學生會辦公室，不過看起來似乎不像。

「KEY君！」知弦學姊向我跑來，難得露出失去從容的表情道歉：

「對不起！我一時忍不住……」

「哈哈，所以說為什麼妳們都要向我道歉呢？根本不需要道歉。」

「可是……」

知弦學姊臉頰有點泛紅，突然移開視線。

「我知道今天的我很不成熟……所以……」

「啊——這倒是真的。平常的知弦學姊態度應該更加從容。就算是懷念學生會辦公室，也不需要這麼激動。這是怎麼回事？」

「因、因為……水無瀨同學和日守同學都……那個……」

知弦學姊突然把手放在背後，態度有些忸怩。

看到這個模樣，我不禁心想「哈哈——原來如此，應該是在吃醋吧」時。

知弦學姊稍微嘟起嘴巴……露出難為情的模樣——說出有些出乎意料的話：

「她們都對KEY君太冷淡了……」

「咦……」

那是輕鬆超出我膚淺的預料——充滿愛意的話。

看到感到很難為情，紅著臉頰的知弦學姊，而我也害羞不已的同時……身體逐漸湧出一股力量。

我用盡全力對她露出笑容：

「知弦學姊，我走了！請等我！我一定——」

我拍拍自己的胸膛。

「——我一定會讓知弦學姊看到能夠安心的學生會！」

「……嗯！」

接著離開對我露出今天最棒笑容的知弦學姊。

我以驚人的氣勢衝向成員們所在的校內。

＊

「打起精神是不錯……」

在轉過知弦學姊目送的走廊轉角，我放慢衝刺的氣勢。雖然心情沒有半點虛假，然而此時此刻還沒有找回成員的具體計畫。

正在我一邊走在路上一邊煩惱要從哪裡開始時，口袋裡的手機突然發出震動聲。我拿出來確認，原來是小真冬傳來的電子郵件。她們在不久之前抵達機場，正要過來學校。

「那麼到玄關迎接……果然還太早吧。」

去年的畢業典禮，雖然我是從機場搭計程車&摩托車回到這裡，不過也花了不少時間。就算去玄關……呃，對了。

「總之先在玄關確認西園寺和火神的室內拖鞋在不在。」

既然下定決心，那就立刻前往玄關。

稍微花點時間檢查火神與西園寺的鞋櫃，查明兩人都還在校內。兩人似乎都還沒回家，於是我安心地撫摸胸口——

「鍵？」「學長？」

背後傳來懷念的聲音。我又驚又喜，同時又有點懷念地回頭——

「深夏、小真冬！」

「喔！」「好久不見——」

發現兩人穿著碧陽學園的制服，以與過去相同的模樣站在眼前。會長與知弦學姊兩人來到學生會辦公室時，我雖然也很感動，不過兩姊妹是在那之後第一次見面，不禁有點想哭。

不過兩姊妹沒有哭，我當然也不能一重逢就表現得這麼沒用。我盡可能以最帥氣的笑容向兩人微笑——

「對了，鍵，你怎麼一直在翻別人的鞋櫃？」

「學長果然是立志不停開拓新性癖的人嗎……」

「妳們都看到了嗎！」

這幾分鐘裡，妳們一直看我在鞋櫃旁邊轉來轉去的模樣嗎！那不就和我的感動情緒不一樣！因為一直盯著看！

「我、我只是在確認現任學生會成員的鞋櫃……」

「原來如此，專挑人氣美少女下手吧。」

「不愧是學長，邪魔歪道的極致！」

「為什麼！」

由於深夏面帶笑容弄響拳頭，我連忙拚命解釋。

好不容易告訴她們來龍去脈，在事情告一段落時，突然察覺一件事，於是開口詢問：

「對了，妳們是怎麼過來的？根據小真冬的電子郵件，我還以為至少還要花三十分鐘才會到……該不會是發送郵件時已經快到了吧？」

面對我的推測，小真冬搖頭否認：

「不，那是在離開機場時寄的。」

「咦？可是在那之後就算飆車……」

「啊，呃…………反、反正只是小事不重要！」

「咦、咦咦？這種誤差似乎不能算是小事……」

不管怎麼說，與我估計的時間都有極大出入，就在我感到不解時，突然注意到深夏與小真冬不知為何從打開的玄關看向外面。咦？怎麼了？懷念校園嗎？

「…………」

不……兩人不知為何交換眼神──呃，深夏這傢伙居然開始吹口哨！喂喂，實在太可疑了──咦？嗯？真要說來，從玄關看到的景象好像有點奇怪。咦──……怪了？那個地方原本有樹嗎……

就在我感到奇怪時，深夏像是打算矇混過去一般說個不停：

「你、你誤會了！機場附近沒有被強風連根吹起的樹木！沒有人因此感到困擾！更沒有把它扔出去順便坐在上面這種事！」

「桃○白嗎！妳應該不會是用桃○白的辦法過來，然後把樹種在校舍前面吧!?」

「……對、對了，喜歡銀○的人分成搞笑派和嚴肅派，你是哪一派？」

「很明顯是在轉移話題！以非常不自然的方式！」

「啊，學長！那麼如果是可愛的年輕人和有味道的中年人，你喜歡哪一種？」

「這個問題從選項開始就不對吧!?」

「啊，說得容易理解一點，如果是韋○和衛○切嗣會喜歡哪一種的意思？」

「不，所以說不是這個問題……」

「啊，切嗣在中年人裡算是意外年輕。不過兩邊都不喜歡的話……啊！學長果然偏好征服王——」

「既然這樣，還是韋○好一點！………呃，啊！」

小真冬一副十分感動的表情。唔……太沒道理了！不管選擇哪個答案，感覺最後都是小真冬贏！而且剛才的回答對於我和中目黑配對，好像是什麼加分要素！

看到兩姊妹還是一樣沒有改變，我不禁嘆了一口氣……不過突然從肚子裡湧起笑意，忍不住笑了。看到那樣的我，姊妹也跟著笑了出來。看著對方笑了一陣子，我終於開口：

「好了，就像剛才說明的一樣，我正在尋找剩下的現任學生會成員……怎麼辦？妳們先去學生會辦公室等嗎？還是……」

話才說到一半，深夏就以受不了的模樣嘆氣。小真冬也笑了。

「這種事不用我們說也知道吧？」

「沒錯沒錯。這可是難得……不是透過網路，而是在現實中與學長一起走路的機會喔？就算真冬再懶，答案也已經出來了。」

兩人邊說邊走到我的兩旁，各自挽著我的手。深夏的動作比較強硬。小真冬則是顯得十分溫柔。

就是這樣，兩人隔著感到疑惑的我，笑嘻嘻地看向彼此。

兩人一起說出答案：

「當然是一起去囉！（啦！）」

「……真是的，妳們兩個真的都不把主導權讓給我。」

反而是宣稱要成為後宮王的我還比較難為情，這是怎麼回事啊，真是的。

左擁右抱聽起來好像很棒，不過一邊是粗魯拉扯感覺很痛，另一邊則是力道過輕讓人搞不太清楚有沒有碰到……並沒有想像中得那麼美好。

不過……即使如此。

「好了好了，走吧，鍵！」

「學長，走吧！」

「…………喔！」

我們以最幸福的心情，重新展開搜索現任學生會成員的行動。

*

與姊妹重逢大約兩分鐘後。在走廊上偶遇西園寺。

「（啊，鍵學長！辛苦了！抱歉學生會遲到了！）」

「喔——辛苦了，西園寺。遲到的事不用在意。妳因為這種事件遲到是預料中事。能夠順利參加反而不妙。」

「（那就好……雖然心情有點複雜。）」

「對了，壓低聲音說話聽起來有點辛苦，可以稍微大聲一點嗎？」

「了解。啊，旁邊的人是前學生會幹部吧？」

「…………」

「你們好。很抱歉以這種姿勢打招呼。我在碧陽學園擔任學生會長，名叫西園寺筑紫。」

難得今天妳們特地前來，身為會長的我卻遲到，實在很抱歉。各方面都還不夠成熟，今後還請賜予批評指教。」

「…………」

西園寺有禮貌地開口問候，兩姊妹卻完全沒有回應。

只是傻傻地……不，目瞪口呆地看著西園寺。

「喂，深夏、小真冬。這位是西園寺，現任學生會長。ＯＫ？」

「…………」

甚至沒有回答我的問題。然後兩人慢慢轉頭看著我，一同用手指向西園寺，嘴巴不停開闔卻說不出話，只不過我也不是不知道她們想說什麼。

我則是像平常一樣很普通地回答：

「啊啊，如果是那個不用在意。這是常有的事。對吧，西園寺？」

「嗯？啊啊，這個嗎？是啊。的確是常有的事。應該說今天的狀況還算好。」

「是啊。」

我點頭同意，對姊妹露出微笑。

「就是這樣，關於這方面就別在意——」

「什、什麼叫做別在意！」

深夏突然出聲大喊。然後交互看著西園寺和我，在下個瞬間用盡全力——對我吐槽：

「這個女孩子為什麼被關在巨大球體裡！」

「啊——……」

聽到深夏的指摘，我重新觀察西園寺。嗯，的確……是在球裡。身在由透明塑膠做成，看起來像個巨大排球的東西裡。在裡面走路似乎能夠移動球體，看來不太順利……唔。

對於我平淡的反應，難得連小真冬都放聲說道：

「為什麼是這種冷淡回應，學長！不，這太奇怪了吧!?校內有個被謎樣的巨大透明球體包圍，同時還在移動的學生未免太奇怪了吧!?」

「……是嗎？會很奇怪嗎……唔——嗯……啊，等一下，那邊的你！」

「怎麼了？」

我抓住剛好經過的男學生，用手指著巨大球體裡的西園寺詢問他：

「這個，會很奇怪嗎？」

「咦？啊——反正又是西園寺會長吧？既然如此不就和平常一樣嗎？」

「對吧，謝了。」

「不客氣。那麼我去參加社團活動了。」

男學生說完這些話之後平靜離去。椎名姊妹傻傻地在一旁觀看……接著同時大喊：

「碧陽學園好像有點奇怪!?」

「不，基本上碧陽學園一直都很奇怪吧。」

「沒錯。」

我和西園寺兩人以事到如今妳們在說什麼的態度回應。不過椎名姊妹還是不能接受。

「不不不不，去年沒有把這個當成日常景象的價值觀吧！」

「沒錯沒錯！為什麼才過幾個月就變成這樣！」

「就算妳問我……對吧？」

「就算兩位這麼說……是啊？」

我和西園寺兩人都是滿臉困擾地看著對方。

「要問成為日常景象的原因……那個……啊——西園寺，那是什麼？」

「這個嗎？這個是班上的巽同學模仿來自紐西蘭，名叫滾〇球的活動打造的東西。」

「原來如此。」

「不是在問這個！」

姊妹齊聲吐槽。就在我搞不懂她們在吵什麼時，深夏說聲「算了……碧陽的價值觀的確變得很快。」露出莫名達觀的表情嘆氣。至於小真冬也是同樣的反應。

由於兩人已經安靜，我一邊把手放在球體上一邊詢問西園寺：

「應該是出不來吧？然後往意料之外的方向滾動？」

「那當然。因為是我啊？」

「說得也是。」

「這是什麼對話！」

姊妹又吐槽了。意見好多真吵。這兩個人以前有這麼喜歡吐槽嗎？應該是在新學校裡，吐槽的機會變多吧。

不理會她們，我試著摸索塑膠球體，似乎打不開。不過發現類似入口的圓形切口……

「應該是入口剛好故障吧。」

「就是這樣沒錯。巽同學的說法似乎是『基本上不會壞喵！』聽到這個說明過了三秒鐘，入口就故障了。」

「居然輕易凌駕天才少女巽的預測……巽大受打擊了嗎？」

「不，她的反應顯得很高興。興奮地說聲『碧陽果然太棒喵——！』不見蹤影……丟下我不管。

「果然是這樣。」

好了，先不管這種閒聊。唔，不過基本上不會壞才對……雖然是充滿彈性的塑膠材質，反而耐得住衝擊。我試著從附近的教室借來美工刀想要割開，但是也被彈開。

「巽同學的說法是『即使拿對斬○劍也無法造成傷害喵！』。」

「這是用蒟蒻提煉的嗎……」

抗衝擊性超群而且不怕利刃……喂喂，這下子連蓋斯特也很傷腦筋吧。

沒辦法。要說異常確實很異常。雖然不太想這麼快求助客人的力量……

我轉向在背後傻傻看著這一切的椎名姊妹：

「喂，深夏。試著用全力幫我打這顆球。」

「咦!?不，要是那麼做……」

深夏試著比較自己的拳頭與待在球體裡的大和撫子少女，露出有點不知所措的表情。

西園寺也顯得有些動搖：

「是啊，你在說什麼啊，鍵學長？怎麼可以讓那麼可愛的女生，做這樣野蠻的事……要是弄傷了手怎麼辦！」

「咦？」

「嗯？」

西園寺的視線與我們交會……啊，對了，西園寺不清楚深夏的能力吧。

就像椎名姊妹不知道西園寺的特性，西園寺也搞不懂去年的「常識」。

雖然彼此都不太理解狀況，判斷與其說明，實際行動比較快的我出聲催促深夏：

「好了，用力打下去沒關係。不用擔心西園寺。妳也認識巽吧？如果是她做的新材質，就算妳用上全力也絕對沒問題。」

「話是這麼說沒錯……」

「西園寺也是。不用擔心深夏的手。這傢伙可是專家。」

「專家？啊……該不會是拳擊愛好者吧？」

「嗯，差不多就是那樣。那就拜託妳了，深夏。」

「喔……嗯，既然你都這麼說了。」

雖然看起來還是有些懷疑，不過看到我自信滿滿的模樣，深夏也接受我的意見，往前踏出一步。

在小真冬不安的守護之下，深夏把右拳收到腰側：

「唔喝，那麼準備好接招了嗎？呃——西園寺？」

「接招？不，我不用特別做什麼……反倒是椎名同學，祝妳好運。」

彼此說著雞同鴨講的對話，深夏把力量注入拳頭。

然後。

「我的手火紅地燃燒！為了抓住勝利而怒吼！」

「咦咦!?等等，深、深夏同學!?拳、拳拳、拳頭在燃燒……」

「神威……拳啊啊啊啊啊啊啊啊啊啊啊啊啊啊啊！」

「總覺得很在意招式名稱——」

「啊！」

西園寺剛感到驚訝，球體便以光速飛走。撞到走廊的牆壁再以奇怪的角度反射——

所有人發出聲音時，為時已晚。西園寺連著球一起彈跳過走廊，在校內到處亂跳！只有遠處傳來「咚咚咚咚咚！」的彈跳聲在我們的耳裡迴響。小真冬焦急地抓住我的衣袖：

「等等，學長!?要是打到普通學生就糟了——」

「啊啊，放心吧。因為是深夏和西園寺喔？」

「這是哪門子的道理！」

「也就是說，深夏的力量是『雖然會痛但是不會受傷』的搞笑怪力，至於西園寺……」

「西園寺同學？」

就在我和小真冬對話之時，「咚咚！」的聲音變得越來越大，似乎來到附近。我對深夏做出指示：

「好，等她彈回來……深夏！」

「喔！我會接住——」

「解決她！」

「解決她!?」

姊妹雖然感到疑惑，但是我不打算變更指示。這時似乎繞行校內一圈的西園寺&球從走廊遠方出現。至於裡面的西園寺……

「呀啊……」

「喂，鍵！她好像頭昏眼花了！沒問題嗎!?」

「沒問題，總之……解決她吧，深夏！」

我對著終於來到眼前的球體大叫。深夏以下定決心的模樣擺出架式：

「嗯，沒辦法了！來吧，喔啦啊啊啊啊啊啊啊啊啊啊啊啊啊！」

深夏用渾身解數的手刀朝著以驚人之勢來到的西園寺&球砍下！

那個瞬間。

〈砰咚！〉

爽快爆破聲響傳來的同時，球體裂開了。然後——

「啊，危險！」

深夏放聲大喊。仔細一看，頭昏腦脹的西園寺飛到空中，朝著走廊墜落。我代替因為注入太多力量在手刀上，一時動彈不得的深夏趕過去接住西園寺並且回應：

「不，沒問題！反正最後一定是——」

我繞到西園寺著地的地點，做出準備接住她的姿勢。不過西園寺在空中翻滾太多圈，撞上我之後——

「姆呀！」

以後仰的姿勢倒在我的臉上，屁股著地。好軟……裙子裡就像暖爐一樣溫暖……嗯。

「這……這是什麼《出〇王女》的著地方式！」

「現實當中居然有這種情景！」

看到過度衝擊的畫面，兩姊妹都是一臉驚訝。雖然我看不到。

在我挪動臉時，西園寺「呀啊！」驚叫一聲，趕緊從我的頭上避開……嘖，因為是瞬間離開，反而看不到裡面！真可惜！不過這個觸感我會一輩子記在心裡！

慢慢起身的我只見西園寺雖然紅著臉頰，還是一臉茫然看著深夏。兩姊妹也是目瞪口呆看著我和西園寺的慘狀……唔。

在我確認自己和西園寺完全沒有受傷後……對著三人露出笑容：

「對吧？簡單來說，就是這麼回事。」

「…………」

伴隨我的實際演出，淺顯易懂地說明關於深夏與西園寺彼此的性質。

姊妹與西園寺三人看向彼此……下一個瞬間全力做出反應：

「完全搞不懂啊!?」

「咦？」

這群人的異常性質，似乎比我所想像的還要難以理解。

＊

「重新自我介紹，我叫西園寺筑紫，還請多關照。」

「妳、妳好。」「請多指教。」

從球體之中獲得解放的西園寺與姊妹相互點頭示意，重新自我介紹。我傻傻地看著這個光景一陣子，在彼此都說過話之後開口：

「好了，這樣一來只剩下火神……」

完全無法預測那傢伙的行動。在我思考只能在校內一一尋找時，西園寺以不可思議的表情看著我：

「咦？鍵學長在找北斗學妹嗎？」

「嗯？西園寺怎麼了，妳該不會知道火神在哪裡吧？」

「該說知道……」

西園寺一邊露出尷尬的表情，視線一邊在空中游移。在搞不清楚怎麼回事的我和兩姊妹摸不著頭緒時，只見西園寺一個人像是明白地點頭，說出更微妙的自言自語：

「啊——……我在球體裡擺出奇怪的姿勢，所以剛好……呃，啊，咦？還是不要說比較好嗎？不，可是，好像只剩下北斗學妹，差不多該出來了吧？再說學生會也開始了……」

「西、西園寺？怎麼了？妳在跟誰說話？」

對於突然抬頭看著空中進行神祕對話的西園寺，我們三人忍不住為之動搖。由於姊妹用視線傳來「這個女孩是不是怪怪的？」的疑問，我雖然搖頭否認……不過我也搞不懂西園寺這個奇怪舉動代表的意思。

在我們不禁感到有些害怕時，突然注意到這點的西園寺，再次看向那個方向確認：

「不好意思，那麼我要說囉？」

「西園寺？妳從剛才到底在和什麼存在交換訊息……該不會是笑神——」

「不，雖然也是神，不過不是笑神——」

西園寺一邊開口一邊用手指向我背後的——天花板。我和姊妹搞不清楚狀況，只是把視線轉到她指示的方向——

「——我只是在和從天花板露臉的火神北斗學妹說話。」

——正如同她所說，我與從天花板露出部分臉孔的少女……火神北斗的視線交會。

「呀啊啊啊啊啊啊啊啊啊啊啊啊啊啊啊啊啊啊啊啊啊啊啊啊啊啊啊啊啊!?」

驚悚過頭的畫面，讓三個人齊聲發出慘叫！

從天花板的黑暗中探頭的少女與我對上視線，露出詭異至極的笑容，然後——

「!?」

靈巧地從天花板的縫隙爬出來，轉了一圈完美地在走廊上著地。火神在一臉驚愕的我們面前，吐出舌頭說聲「不好意思——」露出害羞的微笑。看到那個表情，兩姊妹不由得露出「啊，個性出乎意料地親近」有點安心的表情，火神面帶笑容繼續說道：

「原本打算在舊學生會成員單獨行動時各個擊破，沒想到不小心在這裡登場了！」

「面帶笑容地說些什麼!?」

就在姊妹受到震撼時——我和西園寺只是稍微嘆了一口氣。接著我把手放在火神的肩膀上，嚴厲地瞪著她：

「喂，火神。」

「嗚嗚……學長？」

火神不安地由下往上看著我，兩姊妹一邊散發「教訓她！」的氣氛，一邊雙手抱胸注視這個狀況。我以驚人的氣勢開口：

「會議不可以遲到吧！」

「是這件事嗎!?」

在姊妹一臉驚訝中，「對不起……」火神意志消沉，我繼續教訓她：

「真是的，即使是符合角色的行動……居然從會議開始大約四十頁的地方就默不出聲地待在我身邊，這不是身為學生會成員應有的行為吧，火神！」

「更重要的是不是身為人類應有的行為吧！」

「好了……不管是妳今天一直躲在天花板裡，還是跟蹤、竊聽偷拍，以及暗殺未遂這方面，因為和平常一樣所以就不過問了。」

「居然是有如殺〇師的寬大處置！」

姊妹一副心想「碧陽什麼時候變成暗殺學園了」不信任的表情……我了解妳們的心情，可是對火神這個特性就算生氣也沒有用……實際上拿別的事加以警告還比較有效果。

事實上火神也是意志消沉地說聲「對不起……」露出反省的模樣。

好，這樣應該沒問題了。

如此判斷的我催促她自我介紹。就連平常是「膽敢對學長放電的女人」這種態度的火神，現在也很老實地乖乖照做。

火神走到一臉嚴肅的兩姊妹面前。姊妹看了彼此一眼，以既然對方都主動走來那就算了的寬宏態度，面帶笑容接納——

「我叫火神北斗。是學生會會計。接近火神的學長的臭蟲將以驅除方式辦理，今後還請多多指教——」

「完全不想指教！」

「學長。舊學生會的人感覺超級惡劣——」

「是誰惡劣啊！」

姊妹以十分驚訝的模樣大吼。

好、好了，不管怎樣。

這樣一來，新舊學生會所有成員終於都找回來了。

＊

「歡迎大家前來參加。首先為了我們的笨拙，在會議時遲到表示歉意。真的非常抱歉。不過遲到的部分，會讓學生會校友度過非常美妙的時光——唔喵唔喵!?」

雖然西園寺一如往常地充滿幹勁，然而就在這時有點不幸。

關於這次的不幸。

西園寺差點被從打開的窗戶飛進來的老鷹揪住領子抓走。在快要從窗戶飛出去時，多虧西園寺抓住窗框，老鷹雖然露出有些遺憾的模樣，最後總算放棄西園寺獨自離去。

看到這個令人驚愕不已的景象，在舊學生會的成員全都「!?」目瞪口呆之中，原本累得癱坐在窗邊的西園寺站了起來，輕咳一聲開口：
「就是這樣，今天希望能夠和大家安穩、和平地度過一天。」
「已經不算安穩了吧!?」
舊學生會全體成員齊聲吐槽，不過西園寺撇開視線說道：
「對我來說不算什麼。」
「不不不不不不！」
西園寺在裝傻。針對這個狀況，會長（今天是指櫻野玖璃夢）向我們新學生會成員尋求同意：
「剛才那個不管怎麼想都很奇怪吧!?不如說是事件！得叫大人來才行！」
「不，這麼說來的確沒錯……」
聽到我模糊的回答，新學生的成員一如遇料以「……咦？」的疑惑表情看向我。搞不清楚狀況的會長顯得更加憤慨：
「新學生會的成員都太無情了！總、總而言之，必須趕快帶西園寺去保健室——」
「啊，玖璃夢學姊。叫我『筑紫』就好。」
「在這個時候!?話說西園——筑紫為什麼也是一臉輕鬆的表情！一副什麼事都沒有的樣子！」

「啊？發生了什麼事嗎？」

「咦咦!?那個不算事件嗎!?新學生會到底是以什麼作為基準！」

「啊，如果妳是指老鷹，已經算是每天的家常便飯，所以請不用在意。」

「家常便飯!?我反而更加在意！」

「好、好了好了，會長。」

看到會長被西園寺的步調所左右，深夏忍不住出聲安撫：

「筑紫就是……那種人吧。」

「什麼叫那種人？是在角色說明寫著『常被老鷹襲擊』的女生嗎？」

面對完全無法理解的會長，這次是小真冬以困擾的表情開口：

「雖然不知道該怎麼說明……不過真冬今天已經是第二次親眼目睹這種事件，所以應該說是稍微理解嗎……」

「第二次!?被老鷹襲擊，光是今天已經是第二次!?」

「啊，不，另外一次不是老鷹，而是關在巨大球體裡。」

「咦咦咦咦咦咦!?」

會長大為震驚，姊妹以感到有些麻煩的表情看著我：

「鍵……我好像能夠理解你們事到如今完全不感到驚訝的態度……」

「是吧？」
「是的。這種頻率要是每次都被嚇到，身體會承受不了……」
「妳終於明白了嗎……」
面對姊妹的同情，新學生會全體長嘆一口氣。雖然會長還是一臉無法理解的表情，不過知弦學姊似乎明白了，以成熟的態度安撫會長：
「好了好了，小紅。總之西園寺學妹好像沒有受傷，這不是很好嗎？」
「唔，嗯……既然知弦這麼說了。」
心不甘情不願重新坐好的會長，以及露出溫柔眼神的知弦學姊。看到這個令人懷念的景象，我不由得露出微笑。
啊，機會難得，在此說明一下現在的座位分配。
基本上是隔著長桌，分成「新學生會」與「舊學生會」。一開始的企劃是讓舊學生會坐在牆邊參觀新學生會平時開會的模樣，不過由於西園寺說出「請各位務必參加會議！」所以就變成現在這個模樣。
順便說明一下細部位置。
我坐在平常的副會長座位，右手邊坐著新學生會三名成員……以火神、日守、水無瀨的順序。

另外一邊也是一樣，在我眼前的是會長。隔壁是知弦學姊、深夏、小真冬。西園寺當然是坐在原本的會長座位。

由於是這種狀況，彼此之間當然很擁擠。是會撞到隔壁的距離——

「對了。」

知弦學姊露出笑容——與之前面對會長時完全不同的笑容看著我（瞪視我）：

「為什麼她打從剛才就一直黏著 KEY 君不放？」

受到指摘的我流出冷汗看向右邊。

「嘿嘿★」

火神理所當然地黏著我。裝模作樣地由下往上看……她是故意的。雖然平常就會黏在我身邊，不過今天做得這麼徹底，絕對是故意的。居然對舊學會生發動先制攻擊。

雖然新學生會成員都很清楚她的個性，不過第一次見面的知弦學姊不可能會知道。而且火神這傢伙，乍看之下是對我真心抱有好感的可愛學妹……

火神一臉滿足地看著有點不耐煩的舊學生會幹部，一邊更加靠近：

「吶，學長。快點結束跟這群無聊的大嬸開會，和我兩個人去做美妙的事吧。就像平常那樣。好嗎？」

「火、火神妳……！」

這傢伙已經進入最終頭目模式！居然肆無忌憚地使出與我為敵時代的「隨心所欲擾亂人心技能」！重點是這傢伙的演技也是一流的。如果不熟她的本性，看起來就是真心喜歡我的學妹。唔，包含卓越的暗殺技巧與跟蹤技巧在內，簡直就像哪裡來的安心◯小姐！

「……呵、呵呵。」

「（啊啊！照理說越生氣笑容越燦爛的知弦學姊的額頭，冒出憤怒的青筋！）」

知弦學姊的怒氣明顯超越極限。大概是因為之前與水無瀨還有日守激出火花，以及不久前體驗過西園寺以常識無法估量的事件，或許已經失去從容！新學生會與知弦學姊的相性簡直糟透了！

對於火神已有幾分抗性的深夏，代替逐漸失去理性的知弦學姊繃著臉詢問我：

「呃——鍵？你和她究竟是什麼關係……」

「啊、啊啊，火神和我，該怎麼說，那個，如果要比喻……」

在我思考該如何說明時猶豫了一下，火神彷彿是要代替我回答，用力往前探出身子露出笑容說道：

「令咒無限的主人和英靈吧！」

「怎麼會有這麼不合理的主從關係！」

深夏一臉驚訝。雖然想要立刻否認，不過聽到與事實沒有相差太遠的發言，連我也不禁為之愕然。

小真冬以輕蔑的眼神看過來：

「學長……面對年紀比真冬小的女生，居然沒用到這個地步……」

「不、不是的，小真冬。我和火神的關係不是那樣……」

「沒錯！妳似乎有所誤會，剛才的發言裡，火神想說自己是英靈。」

「是嗎？」

「沒錯。只不過學長雖然控制火神……取而代之的是火神擁有壓倒性的智力與戰力，完全握有學長的生殺之權！」

「啊啊！和某超高中級的絕望先生一樣的扭曲眼神——！」

到了這個地步，來自舊學生會成員「嫉妒」的感情變少了，不僅如此，甚至開始對我投以彷彿「哇啊……這傢伙今年徹底攻略失敗……」莫名同情的眼神。

在尷尬的氣氛裡，西園寺稍微咳嗽一聲，重新主導會議。

「那、那麼關於今天的議題。難得學生會校友的大家過來，果然不應該討論雜務之類的瑣事，而是對學生會來說更重要的議題。」

「贊成——！這個提議不錯！難得我們在這裡，今天就來決定大事！」

會長對西園寺的意見全力表示贊成。西園寺有尊敬的校友這個溫暖後盾，一副深受感動的模樣。由於我們現任學生會成員幾乎沒有人全力同意她的意見……感動也是理所當然。

在西園寺大受感動時，會長更進一步提出具體提案：

「就是這樣，那麼好吧！就來討論碧陽學園的遷移計畫吧！」

「是啊，這個提案不錯，櫻野學姊！…………呃，咦咦咦咦咦!?」

西園寺遲了一拍才感到驚訝……現實當中「先認同再吐槽」的傢伙，我還是第一次看到……這傢伙真的受到笑神的疼愛。

只見會長興奮不已地推動會議進行。

「我覺得把碧陽學園遷移到我們的大學附近一定會很有趣，反對的人——！嗯，好像沒有！好，通過！」

「咦。等——」

「還有去年寫的小說進行了漫畫化、動畫化、遊戲化，所以今年的學生會希望能夠電影化、電視化、舞台化、巨大化等等。反對的人——！零！通過！」

「不，等一下，巨大化是什麼——不對！更重要的是——」

「題外話，電影導演要找北〇武，標語就用『全體，廢人』。」

「就某種意義來說是正確答案！不、不是這樣，請等一下——」

「還有，把碧陽學園的學生人數增加五倍。理由是熱鬧一點比較好。反對的人——好，沒有是吧，那麼這個也通過——」

「等、等——請等一下，櫻野學姊！」

「喵啊？」

面對西園寺的制止，會長歪頭表示不解。西園寺嚥下口水，接著以驚人的氣勢開口：

「像這麼重要的事，怎麼可以草率決定！」

「咦？因為是筑紫說的吧，要大家來討論重要議題。」

「無論如何都重要過頭了！」

「嗯，不過還是多數贊成。」

「唔，咕！在、在沒人跟得上話題的階段要反對者舉手，然後快速定下結論，最後把結果自動轉換成『多數贊成』的說法……不愧是前會長！雖然很不甘心，不過我和會長的能力相差太遠了！」

「呵呵呵——妳還太天真了，筑紫。要多學一點——」

「是的！我會參考櫻野前會長的做法，往會長的職位進一步邁進！」

「不，不用學習這方面也沒關係！」

我連忙阻止想要走上歪路的西園寺。那種卑鄙的做法與暴走的行為，不叫「會長能力高」。只能說是「使壞」。那是一路走在任性人生大道的會長特有絕技。

在會長被我否定繃著臉時，西園寺再次主導會場：

「好，那個先放在一旁。我今天想要討論的話題，說白一點不只是學生會，甚至是碧陽學園今後的方針！」

西園寺把白板轉過來。上面有愛好書法的西園寺以漂亮的字寫出的議題。

西園寺挺起胸膛，一副「看到了嗎？」的驕傲表情。的確，我們也不得不承認她寫得一手好字。雖然不得不承認……

西園寺原本在白板上寫下「今日議題　學生會的方針」，不知為何有奇蹟的黑色竹節蟲停在上面，讓「今日」的「日」中間多了一豎……

完全變成「今田的議題」。

雖然所有人都心想「是今田……」「明顯是今田……」「誰是今田……」而且西園寺露出非常驕傲的表情，要說厲害真的很厲害，似乎是自信作，不知為何讓人很難吐槽。

到了這個地步，在舊學生會的成員終於開始理解「西園寺筑紫」這個人，只有獨自搞不懂狀況的西園寺，以恐怕在想「大家看到我的字寫得這麼好，都說不出話來了」自信滿滿的表情繼續說道：

「經過剛才的交流，我想大家都能理解，今年的學生會與去年的學生會，從成員的個性到性質全都不一樣！」

「這倒是真的。」

深夏雙手抱胸回應。其他成員也都點頭表示同意。

「在這樣的狀況下，一味模仿去年還是前年的活動，這種愚蠢行為只會讓人覺得無言以對、可笑至極。所以我認為應該在這時重新振作，以新學生會來說『有我們的風格』學生會應有的模樣，好好決定今年的態度、方針。」

「喔喔——」

面對舊學生會莫名佩服的反應，新學生會每個人全都疑惑偏頭。

嗯，我了解大家的心情。那也難怪。像這樣……像這樣「正常導入學生會」在我們看來有點像是奇蹟。雖然我已經很習慣了。

西園寺看到出乎意料的反應雖然有點不好意思，不過還是進行會議：

「就是這樣，今天希望和打家一起——……和打家一起——……」

「…………」

「——就是這樣，今天希望和大家一起針對今後方針踴躍討論。也請校友多多指教。」

「請、請多指教……」

所有舊學生會雖然一同低頭……卻紛紛向我投以……像是在說「呃，剛才她吃螺絲了吧？如果是去年，應該是要吐槽吧？」的眼神。不過我不為所動。要說為什麼，因為西園寺本人裝出若無其事的樣子。對進入這個模式的西園寺吐槽，不會有什麼好事。

不管怎麼樣，我們終於開始正常的會議。

西園寺因為緊張的關係顯得有些疲倦，決定由熟悉雙方成員的我主導會議。

「那麼，有沒有人有意見——」

「…………」

沒有人舉手。沒幹勁的人不用說，認真組似乎也有些客氣。

實在沒辦法，只好由我硬是拋出話題。首先是……我看了一圈在場的所有成員。

「好，那麼知弦學姊，如果有不錯的意見——」

「等一下，杉崎。」

在我想把話題轉給知弦學姊的瞬間，遭到出聲制止。看往聲音的方向，只見日守就算戴著口罩，也能清楚知道她以嚴厲表情（眼神）瞪著我。

「為什麼第一個把話題丟給那個女人？」

「不，要說為什麼……」

我瞄了一眼知弦學姊。成為大學生之後，全身散發更加知性的成熟氣息……嗯，還是一樣可靠。

不過日守似乎對我的表情很不爽，突然「我！」舉手。面對搞不懂狀況睜大眼睛的我，等得不耐煩的日守揚起眉毛開口：

「喂！我舉手了！還不趕快叫我！」

「咦，啊、啊啊……」

如果有人有意見，的確就不用點名知弦學姊……

在我感到困惑時，知弦學姊發出從容的笑聲……有種不好的預感。

「哎呀，戴著口罩和假髮的人有資格參加會議嗎？」

不出所料，知弦學姊對日守發動攻擊。因為這兩個人打從見面就是最壞的情況……

日守也不甘示弱地反駁：

「沒有必要對外人露臉。話說回來，沒資格參加會議的人是誰啊，大、嬸？」

知弦學姊的額頭浮現青筋。在周圍的其他人冷汗直流之中，兩人繼續爭辯。

「居然把只大兩歲的人稱呼為大嬸，實在太沒知識了。看樣子不是什麼好東西。」

「哎呀，我不是把大我兩歲的人通通稱為大嬸。只是以單純認定妳是大嬸——」

「妳、妳說什麼？」

「因為本來就是成熟的角色設定，成為大學生之後……至少在輕小說和H-GAME的世界裡是十足的老人。就是連在FAN DISC有點像樣的劇情與H場景都有困難的等級。」

「……呵呵。」

「妳、妳笑什麼？」

「哎呀，抱歉。居然被用口罩和假髮遮住臉的美少女，這種年代久遠到二手市場都找不到的角色設定的人這麼說……呵呵，真是太好笑了。」

「唔……！這、這可不是為了營造角色……！」

「咦，那該不會是認真的？像是『不在別人面前露臉』之類的，妳是認真的嗎？……哎呀，原來是這樣……」

「不要露出那種看不起沒有工作的外甥的舅媽嘴臉——！好、好吧！我知道了！拿下來總行了吧，我拿下來！」

「交給我吧，日守同學。成熟如我，一定會好好做出驚訝的表情。像是『哇，真的好漂亮喔！』這樣。對於蒙臉角色來說，這裡是最高潮吧。放心吧，我懂的。口罩和假髮這種遜斃了的打扮，已經遠遠低於標準！放心吧，現在是連普通外表都可以給予極高評價的狀態喔，大家！」

「喵啊——————！」

已經把手放在口罩和假髮上的日守，因為種種情緒交雜在一起，發出奇怪的聲音……面對初次見面的學妹，居然毫不手軟批評到這種地步……紅葉知弦真不愧是極度的Ｓ。

不過到了這個地步，不拿掉也不行。日守在拿下變裝之前一度停手喃喃自語……不過最後還是下定決心變身。

在知弦學姊帶領的學生會校友注視之下，日守以熟練的手法摘下口罩和假髮的同時，也一併脫下外套和裙子。接著像是在享受解放感，盡情甩動閃亮的銀色長髮，最後有點粗魯地用手梳理頭髮——

——「絕世美女」就此現身。

「…………」

學生會辦公室陷入一片沉默。她的「美」壓倒一切。

雖然很不甘心，不管看過幾次，日守的真面目果然太美了。雖然學生會成員都是美少女，不過若要專注在「美」這一點，的確無人可及。

全體陷入沉默……日守嘟起嘴巴有點害羞地移開視線，接著小心翼翼詢問知弦學姊：

「說、說點什麼啊。對、對了，妳說過會給予高度評價吧？」

「咦……啊，呃，嗯。」

張開嘴巴的知弦學姊，之前的怒氣突然不見蹤影，只是以不帶任何挖苦意味的語氣，說出讚嘆的話語：

「真的……很漂亮呢……」

「咦？」

面對知弦學姊率直過頭……簡單來說就是意外的反應，日守大吃一驚。然後臉頰開始逐漸變紅。

「什、什麼嘛，突然就改變態度！真是蠢斃了！」

「……呃，就算是那樣也沒關係。」

「咦！」

「呼。話說回來，好美麗的長髮。好像天使一樣。」

「咦、咦、咦！」

「那個，日守學妹。我知道第一次見面就提出這種要求很失禮……不過可以讓我摸一下嗎？」

「咦……啊，嗯，好啊。」

在日守同意的同時，立刻從座位上站起來的知弦學姊小跑步跑到她的旁邊，一臉恍惚地撫摸那頭秀髮……知弦學姊基本上喜歡可愛的事物……

「唉……比想像中更加柔軟。這是什麼。這是直到目前為止摸過的頭髮當中……不，是在所有觸感當中堪稱第一的舒服度。真是太棒了！」

「咦，啊，是、是嗎？…………………………那個……呃……」

「咦？啊，抱歉，妳不喜歡嗎？」

「不、不是這樣，那個……呃………………謝、謝謝……」

雖說日守個性彆扭，不過繼承自祖母的頭髮受到稱讚似乎很高興。她紅著耳朵撇開視線，低聲向知弦學姊道謝。

至於看到這種明顯傲嬌態度的知弦學姊。

「————」

雖然是我和校友預料之中的反應——

「可…………」

「可？」

「可愛過頭了這個混帳——————！」

「咦咦咦咦咦咦咦咦!?等、為什麼突然——姆呀!?」

「姆啾——！姆啾——！」

「等、什麼!?這算什麼!?妳已經變成不同生物了吧——姆啾姆啾!?」

——眼睛變成心型，緊緊抱住日守疼愛她。面對劇烈過頭的態度變化，新學生會每個成員……就連水無瀨與火神都不禁傻眼。學生會校友則是以溫馨的氣氛看著懷念的景象。

「真是懷念啊。」

「啊!?等等，那裡的校友！你們不要露出噁心的視線，快來救我！誰是這個變態生物的主人！趕快負起責任回收——」

「姆啾——！姆啾姆啾姆啾、姆啾——！」

「呀——！雖然搞不懂在說什麼，為什麼從天真無邪的眼神感覺到貞操危機——！」

「真是和平。」

「啊!?你們全部蠢斃了，真是蠢斃了！」

我和學生會校友一邊聽著日守發出哀號，一邊以溫馨的心情守護她們。日守雖然有點衣衫不整，卻沒有情色的氣氛，嗯。眼前只是面對和平的日常風景的安心感受。

雖然新學生的成員不禁退縮。

就是這樣，知弦學姊和日守暫時退出會議，於是我重新把話題轉給其他成員。

「深夏對於新生會的方針，有沒有什麼意見？」

「嗯？啊、啊啊，這個嘛。所有寶貝當中我最喜歡雷公鞭。」

「沒人在講封神○義的事！好好聽人說話！」

「抱歉抱歉。對了，剛才說了什麼？學校流行怪談變成問題的事嗎？」

「那是第一集第二話的議題！妳到底有多麼不聽別人說話！」

「啊——到你想和我一樣，成為學生會幹部為止。」

「幾乎是第一次見面的對話！妳和我相處的這兩年到底是怎麼回事⁉」

「都是自言自語？」

「終於揭露驚人的事實！」

太太，請聽我說！學生會系列裡面和我和深夏的所有對話，幾乎都對不起來！太厲害了！就算是極不入流的敘述陷阱也該有個限度！

就在我大受打擊時，水無瀨特地從座位起身走到我的身邊，然後溫柔地把手放在我的肩膀上。喔喔，水無瀨，果然還是認識比較久的人值得信賴——

「沒問題，杉崎同學也不是現在才開始唱獨角戲的，在新學生會也依然如此。認識很久的我可以保證。」

「居然發動追擊！」

妳真的很愛把我逼到絕路！看著絕望的我，水無瀨露出莫名滿足的表情嘆了口氣，接著快步走回自己的座位。這傢伙……

把熱血天然呆和冷血S的發言當真也不是辦法。我重新打起精神，再次詢問深夏：

「好了，關於新學生的方針，妳覺得怎麼做才好？」

「方針啊。這個嘛……」

深夏雙手抱胸喃喃自語，突然表情一亮，露出想到好意見的表情。

「有了！盛大地加入戰鬥吧！」

「非常感謝！」

聽到正統過頭的「ＴＨＥ 深夏裝傻」忍不住感謝她。與懷念的心情結合，簡直就像在看特定表現。西園寺不知為何鼓掌。

話說回來，在戰鬥要素方面，基本上全體的反應都有些尷尬。深夏察覺到這點，嘟嘴表示不滿：

「什麼啊，加入戰鬥有什麼關係。很有趣喔，戰鬥。對吧，鍵？」

「不，就算徵求我的同意……」

「因為你去年被我揍時總是露出開心的表情！」

聽到她的發言，新學生成員又是一陣退縮。

「妳的記憶嚴重扭曲！我什麼時候因為深夏的暴力露出開心的表情！」

「你總是嘻呼嘻呼笑個不停不是嗎！」

「那算是笑聲嗎!?總、總而言之新學生會在戰鬥方面，不採用改變方針的提案！又不是問卷調查人氣低迷的《JU〇P》漫畫！」

「啊，學長，火神很喜歡喔，《J〇MP》漫畫在快被腰斬時露骨地增加爆點。那種在面臨生死關頭之際抱持一線希望，最後還是不為人知地沉沒那種絕望感。再加上最終回作者無能為力的留言，真是太棒了。」

「本性扭曲的病嬌閉嘴！」

「啊嗚。最近就算學長對火神說出這種話，也越來越有快感了。」

「…………」

……現在的我就和二〇〇八年的北〇康介一模一樣，只是心情完全相反。真的一句話也說不出口。

總之先無視不停磨蹭右手的火神，現在的對象是深夏。我再次徵詢她的意見。深夏一副覺得麻煩的模樣搔搔頭：

「就算你這麼說……少了戰鬥，要說我的提案九成遭到封鎖也不為過。」

「妳還真是始終如一。就算轉學了，也沒有什麼變化或成長嗎？」

「別小看我，鍵。這幾個月我的戰鬥力提升四千TP，現在已經超過一萬TP。」

「搞不懂單位的基準！」

「啊啊，TP是『地球破壞力』的簡稱。1TP等於消滅一個地球的力量。」

「妳到底想要變成什麼！不、不對，現在這種事不重要，總之還是先提出新學生會的方針——」

「那就『守護地球的和平』。」

「難度太高了！」

完全不想守護擁有一萬ＴＰ的傢伙在路上閒逛、去便利商店買《Ｊ〇ＭＰ》的星球！

「總之戰鬥方面駁回！別對新學生會要求武力！」

「是嗎？那邊的火神正在散發連我都感到害怕的氣息。如果用《HUNTER×H〇NTER》來比喻，我是梅〇艾姆，她就是西〇……」

「不，這傢伙的類型不太一樣……」

聽到我的回應，就連火神自己也點頭同意。

「是啊，深夏學姊。火神基本上是手無縛雞之力的弱女子……不過只要是學長的命令，用盡一切手段應該可以輕易消滅十萬個地球。」

「居然能發揮我的十倍的戰鬥力！」

「可是如果沒有學長，火神有自信連野生飛鼠都贏不了！」

「喂，鍵，你的學妹到底是怎麼回事!?」

「我自己也想知道……」

看到每天變得越來越奇怪的學妹，我忍不住抱頭苦惱……這傢伙絕對是敵人時代比較正常。世界上似乎存在不能攻略的人。還是一樣對我的後宮思想產生影響的女人，火神北斗。從不好的方面來說。

雖然話題不時偏離，深夏似乎不打算繼續提案。

為了讓會議從異常世界觀拉回來，我決定把話題轉給可能提出確實提案的成員。

「水無瀨。對於今年的學生會方針，妳認為應該怎麼做才好？」

「嗯，這個嘛……」

水無瀨把視線從筆記抬起，用手指推了一下眼鏡。似乎沒怎麼在參與會議，到了現在才開始思考議題的樣子。

水無瀨握拳靠著嘴唇開始思考。雖然不甘心，不過此時候的水無瀨就像一幅畫。面對她身上散發的氛圍，現場所有人都忍不住嚥下一口氣。

過了幾秒鐘。似乎得到結論的水無瀨，以緩慢卻流暢的語氣開口：

「像是這種目標設定，應該要容易理解、具體、兼具內涵又簡單。滿足以上所有條件，這次我提案的方針——」

聽到水無瀨流暢知性的發言，我點了一下頭。嗯，我的選擇沒錯。如果是她一定能提出確切而且可能實行的提案——

「『奴役杉崎鍵』。」

「可能實現！」

容易理解、具體、有內涵、相當腳踏實地的方針！

「但是駁回！」

「沒有問題，杉崎同學不用在意。這個只需要我們女性成員費心。」

「多麼不講理的論點！」

一時之間想不到更好的回應，只能坐在椅子上懊惱跺腳。暫時中斷玩賞日守的知弦學姊看著水無瀨露出「和我完全不同的『KEY君訓練師』……」莫名感動的模樣。「KEY君訓練師」是什麼？在有那種職業的世界，我活得太辛苦了！

面對忍不住抱頭的我，水無瀨投來冰冷的視線：

「就我聽到的說法，為了迷上的女人努力是杉崎同學的幸福。」

「話是這麼說沒錯！但是妳根本只為自己方便！」

「知道了。那麼作為報酬，遞上西園寺會長的內褲。」

「咦咦!?」

內褲隨便被當成特典的西園寺一臉困惑。
而且我立刻拒絕。
「不需要！」
「咦咦!?」
西園寺顯得大受打擊。應該覺得一點也不像我吧……居然要我收下那種東西，我太了解笑神會做什麼了。壞處絕對比較大，甚至可以看到警察出動的結局。
不管坐在會長座位顯得很傷心的西園寺，我和水無瀨再次爭吵：
「如果說到內褲，我要妳的，水無瀨！」
「咦咦咦!?」
西園寺更進一步受到打擊，不過我不理她。水無瀨長嘆一口氣：
「給杉崎同學內褲，是下下等人做的事。」
「這是什麼意思!?妳剛才想讓我那麼做吧!?」
西園寺眼眶含淚加入我們的對話，不過比起這個，現在更重要的是水無瀨。我緊握拳頭加以反駁：
「那麼換個條件，針對『奴役杉崎鍵』的方針加上一句！」
「啊啊，是啊，鍵！如果是『在正常範圍裡奴役杉崎鍵』應該可以接受！呼，這樣我也不用拿出內褲——」

「麻煩改成『在性方面奴役杉崎鍵』！」

「一句話就讓整句話完全走樣————————!?」

「知道了，我接受這個條件。」

「沒錯！那下子流南同學怎麼可能——呃，咦咦咦咦咦咦!?」

「今年的會長好像很辛苦……」

看著一個人忙著吐槽、反應、被欺負的西園寺，會長忍不住嘆氣。不過現在不是在意這種事的時候。

我一邊嚥下口水一邊確認：

「呃……真的嗎？」

水無瀨點頭回應：

「真的。千真萬確。如果這樣杉崎同學可以接受。」

「喔、喔喔……」

腦中迅速湧現粉紅色妄想。被這個極度S眼鏡女在性方面奴役我……唔，雖然很不甘心，不過已經有感覺了！那已經不是 H-GAME 的等級！
在我從各種角度來說滿心期待時，水無瀨接著補充：
「只不過我也要再補上一句。」
「唔？」
「所以說，針對『在性方面奴役杉崎鍵』的方針，我想要再補上一句話。」
「唔、唔嗯……」
面對水無瀨的提案，我忍不住雙手抱胸喃喃自語。這個……是陷阱吧。因為對方是水無瀨。應該是繼續加上改變語意的句子。
不過看到我的反應，水無瀨以受不了的模樣讓步：
「好吧，我知道了。既然你這麼懷疑，那就不要由我補充。請其他成員從女性觀點附加安全保障，正式成為方針。這個條件如何？」
「可以！」
我立刻接受水無瀨的提案。那麼一來就不用加入惡魔策畫的字眼。
「好，那麼誰有……」
立刻環視周圍。會長……搞不懂狀況張開嘴巴，深夏也被複雜的對話搞得很迷糊。很明顯無法理解狀況。兩個人都沒有意見。再來是西園寺……讓她加入這種辯論只會造成恐慌，最壞的是很可能因為笑神的性質，變成誰也不期望的方針所以駁回。知弦學姊與日守兩人還在百合狀態中，至於火神……出局。既然這樣……

「小真冬，可以麻煩妳嗎？」

「咦？由真冬來說沒關係嗎？」

突然與話題扯上關係的小真冬，肩膀不由得有點僵硬。看到這個模樣，水無瀨難得露出溫柔的表情：

「麻煩了。妳似乎是最適合的人選。」

「啊……聽到妳這麼說，真冬也想做出符合期待的回應……」

「還請務必這麼做。」

面對水無瀨強而有力的請求，小真冬有點害羞地點頭。嗯，沒想到水無瀨在這方面意外成熟。不管怎麼說，這樣就準備妥當了。

給小真冬一點時間思考，她說聲「嗯，整理好了。」之後，再次面對我和水無瀨。

「小真冬，那就麻煩妳了。」

「好的，了解。」

小真冬輕咳一聲。我嚥下口水在一旁看著，水無瀨則是依然老神在在。

「呃……那麼針對『在性方面奴役杉崎鍵』真冬代表女性成員加上一句……」

小真冬要開始說了…………呵呵。呵、呵哈哈哈哈哈！

贏了。

這下贏了。先不管水無瀨自己附加條件的情形，如果是由第三者……所有人之中對我最好的小真冬來補充，突然變成對我有利的條件——

「請改成『同性在性方面奴役杉崎鍵』！」

「呀啊啊啊啊啊啊啊啊啊啊啊啊啊啊啊啊啊啊啊啊啊啊啊啊啊啊啊啊啊啊啊!?」

面對驚人過頭的大逆轉，我以棋圖○雄筆下的表情發出哀號！爆笑的學生會！

在這樣的狀況中，忽然在視野的角落看到水無瀨沒有大笑，只是露出滿足的微笑……彷彿一切都按照計畫完美進行的犯人竊笑——

「妳、妳！這是計謀！是妳一手策畫的啊啊啊啊啊啊啊啊啊啊啊！」

「哎呀，這是怎麼回事，杉崎同學。你說得真難聽。這可是第三者基於自身的想法決定的事。如果想抱怨，雖然這樣也有點不講理，不過請你找椎名前會計。」

「唔……！」

不對！絕對不是這樣！這傢伙打從一開始就以這個結果為目標！水無瀨預測到小真冬會

說出那種回答，而且兼顧到周圍的狀況，打從把話題扯上她之後掌控一切！可惡！這算什麼附加安全保障！我的貞操不停響起危險警報！

「好了，以上是我的提案。」

「唔。沒、沒錯，這終究只是提案！不一定會以學生會的方針成為決定事項……」

「啊，不，在剛才的條件裡有『正式成為方針』所以已經成立了，杉崎同學。」

「妳是惡鬼啊啊啊啊啊啊啊啊啊啊！」

「不過沒有人說這是學生會的方針，所以請繼續進行會議。只確定杉崎同學今年將被男性在性方面奴役而已。」

「這叫我怎麼繼續會議!?」

面對我深陷絕望的模樣，西園寺說聲「好、好吧，只要消息不要傳出學生會就沒事吧？」安慰我。嗚嗚……謝謝、謝謝妳，西園寺。可是……可是總覺得這個消息會從妳那邊洩漏出去！以搞笑的連續技！

不過一直意志消沉也不是辦法。我硬是轉換心情，重新開始會議。

「那麼……小真冬。為我的貞操負起責任，提出其他方針吧。」

「啊，真冬沒有意見了。辛苦了。」

「對剛才的會議內容感到滿足了嗎！」

我忍不住對小真冬怒吼。小真冬則是不滿地嘟起嘴巴：

「真冬必須趕緊寄電子郵件……」

「不准寄！一定是要聯絡中目黑吧！對吧！」

「真是意外，學長。居然這樣猜測真冬的行動……」

小真冬露出打從心底悲傷的眼神。糟糕，我對這麼久沒來學校的學妹做了什麼……！

在我忍不住為此反省時，小真冬帶著嘆氣低聲說道：

「真是的，善用群組寄給中目黑學長與守學長當然不用說，還有以秋葉同學為首的前一年C班男同學、枯野老師、理事長、殺戮先生等等……連羽〇川小鷹也會確實寄出！」

「一口氣寄給與我相關的男性嗎！」

沒想到連《我〇朋友很少》合作企畫也登場的龐大陣容！真的要適可而止！

不理會驚訝的我，水無瀨低聲補充：

「啊，可以把我的父親水無瀨寺雄，以及火神會計的父親岬開斗先生也加進那個郵件群組裡嗎？」

「喂，那邊！不要若無其事地把中年男子也加進來！這是哪門子的女兒！」

「啊，火神來也要在此懇求！想像學長攻岬開斗受之類的畫面，就叫人受不了！胸口不可思議鼓動！」

「新學生會的女兒都太差勁了！」

不理會我的吐槽，水無瀨與火神真的把父親的電子信箱傳傳給小真冬……新學生會的家教真是太亂七八糟了……

拚命抵抗只換來一陣空虛，在我今年被同性在性方面奴役的方針，這個意外過頭的電子郵件一起寄出之後，小真冬終於認真針對議題提出想法：

「這個嘛，關於新學生會的方針……啊，遊——」

「駁回遊戲相關。」

「……………………啊，姊姊，幫忙查一下飛機的時間——」

「抱歉，小真冬！對不起！我不應該在提案之前就駁回！就是這樣，我向妳道歉，拜託不要走！」

「推崇遊戲！」

「就算這樣，也不能同意這個意見！」

和深夏也一樣，她也做出堪稱特定表現的傳統裝傻。在會長與知弦學姊露出莫名開心的表情中，我還是要以新學生會的一員吐槽！

「在推崇遊戲這個方針之前，應該還有別的吧！」

「呃，還有廢人結社，怎麼了？」

「思想扭曲也要適可而止！那麼做誰能獲得好處——」

「新的高手加入『決○時刻』，新的廢人連上『DRAG ○ N QUEST ONLINE』伺服器，炒熱遊戲氣氛！」

「妳只是想在偶爾造訪的母校培養自己的遊戲對象吧！」

「真冬就算轉學了，還是想在碧陽認識很多朋友。」

「就算說出感覺不錯的台詞也不行！既然希望培養廢人，就給我在新學校培養！」

「啊，那邊已經結束了。」

「居然結束了！」

面對愕然的我，深夏「沒問題，放心吧！」接著說道：

「有我的斯巴達教育，全體學生的運動能力都輕鬆超越人類！」

「這要我怎麼放心!?」

「因為姊姊的指導讓反射神經和體力獲得鍛鍊，由真冬主導的廢人遊戲生活才能更進一步……這種狀況。真是太美妙了！」

「啊啊，怎麼會這樣……」

她們在新學校（現守高中）就各種意義來說似乎已經結束了。真是抱歉，各位現守高中的同學。

面對一臉疲倦的我，小真冬接著說道：

「可是真的能夠從遊戲當中學到很多事。」

「這麼說來或許沒錯……比方說？」

我一邊想像她會說出腦部訓練之類的話一邊詢問。這時小真冬露出微笑，雙手在胸前合十輕聲說道：

「親自學習任何事都不應該過頭。」

「等於學會時已經為時太晚！話說小真冬也還沒學會吧!?」

「啊哈哈，你在說什麼啊，學長？玩遊戲的時間超過一天二十四小時的程度，還不能算是過頭。」

「居然徹底破壞基準！果然不應該推崇遊戲！」

「請、請等一下！真冬沒說從遊戲中只能學到一件事！」

「好吧，這麼說也沒錯……也就是還有別的吧。」

「像是友情的重要！」

「原來如此，的確有些劇情很不錯的遊戲——」

「遇到不支援網路，必須近距離連線的遊戲時的絕望！」

「理由太心酸了！話說不用這樣也能學到朋友的重要！」

「而且能夠學到家人的愛！」

「這個嘛，在美少女遊戲之類的遊戲裡，的確有很多感人要素……」

「從不工作整天窩在家裡玩遊戲，年老父母每天照三餐送飯的溫情中，學習到這樣也算是家人的愛！」

「如果可以不知道還比較溫暖！」

「也可以學到所謂的正義！」

「嗯，玩些王道ＲＰＧ，自然可以學到正義的觀念——」

「窩在家裡的某一天，被突然闖進房間的姊姊與朋友強拉著大吼『差不多該振作了！』時，想起『啊啊，這些人才是正義…………嗯，不過真冬這樣就好。嘻嘻嘻。』！」

「根本沒學到！越來越墮落！」

「也能學到何謂生命——」

「夠了，我不想聽這種話！感覺會被拉進無法回頭的絕望！」

在我眼眶泛淚怒吼時，小真冬說聲「是嗎？真是可惜。」以同樣溫和的步調退下。

期、期待椎名姊妹從奇人怪人大集合的碧陽轉學之後，做人處事會圓融一點的我真是笨蛋。這兩個人進化成更可怕的怪物回來了！

總之為了做個整理，我決定以溫和的結論封鎖小真冬的反駁。

「我知道可以從遊戲當中學到很多事，學校方面也不會嚴格禁止。小真冬也不喜歡被迫玩沒興趣的遊戲吧？例如我對飛機不熟，完全不擅長模擬飛行。以小真冬來說……」

「超級不擅長『自〇時尚淑女風範』之類的遊戲。」

「我反而希望身為女孩子的妳擅長！真是太遺憾了！」

面對我的嘆氣，從意想不到的方向傳來「我、我——」的聲音。仔細一看，只見總算逃離知弦學姊的猛烈攻擊回到座位，衣服皺巴巴的日守。

「那是我超級擅長的類型——！可以說是專為時尚與居家兼備的我設計的遊戲！」

「啊，是喔……」

「喂，杉崎！你那是什麼態度！反應熱烈一點！用心型眼睛面對完美的我！」

「不，怎麼辦……就算妳擅長那個，應該只會成為賤女人……」

「唔，你說那是什麼話，處男尼特！接受『圓環之理』的引導消失吧！」

「真、真冬感到很尊敬！居然有女性擅長那款遊戲！」

小真冬露出笑容從旁插話。聽到這句話，日守大概是因為被稱讚而開心臉紅，不過很快害羞地移開視線。看到這副模樣，別說是知弦學姊，在場的所有人出現「︵這個人是明顯的傲驕，反而很可愛……）」等感覺時，日守像是突然想起什麼，詢問小真冬：

「啊，對了，我要問一下對遊戲很熟的椎名。那款遊戲很奇怪吧。」

「妳說奇怪……是指哪個部分？有ＢＵＧ嗎？」

聽到小真冬的問題，日守用力點頭：

「沒錯！在磨練自己的品味時，每次無視來店客人的要求，搭配整套超級俗氣的高價商品忍不住哈哈大笑之後就玩不下去了。這完全是ＢＵＧ吧。」

「不不不不！要我來說話，日守同學的想法才有ＢＵＧ！雖然說是在遊戲世界，不過妳把做生意當成什麼了！」

「咦？合法的詐欺？」

「好扭曲的想法！」

「可是把便宜進貨的商品高價賣出才能獲利吧？」

「話、話是這麼說是沒錯……」

小真冬以困擾的表情瞄了我一眼。嗯……是啊，小真冬。這傢伙的愚蠢性質很惡劣吧。和會長的方向性不一樣。

沒辦法的我出聲安撫日守：

「喂，日守。妳認為我們學生為什麼要一起在福利社買麵包？」

「因為是愚民。」

「哪有人會這樣回答！當然是因為比便利商店便宜又好吃！吶!?妳應該懂吧!?所謂的做生意就是這麼回事！」

「咦，可是我是便利商店派耶？」

「妳好麻煩！」

「啊，真冬在購買遊戲時，比起便宜，也會以入手日期或容易購買等因素為優先！」

「為什麼小真冬要在這個時候幫日守說話！」

這才發現兩人各自說著「就是說嘛！我才不想混在愚民裡面！」或是「沒錯！如果要花時間在便宜一百元的店排隊購買，提前在偏僻的遊戲店用定價購買商品還更好！」臭味相投的話。這兩人……雖然方向性不一樣，不過都是廢人！

面對怎麼做都是白費力氣的感覺，忍不住嘆氣之時，知弦學姊面帶苦笑出聲安慰我：

「看樣子 KEY 君今年也不得閒呢，辛苦了。」

「真的……如果把活動延後的事也算進去，無法正常開會的比例比去年還高！」

「是、是嗎……」

知弦學姊看到我怒氣沖沖的模樣有點退縮……啊，對了，難得有機會，趁這個時候向知弦學姊徵詢議題方面的意見。

「對了，知弦學姊有沒有什麼好提案？」

「啊啊，新學生會的方針？這個嘛……」

知弦學姊把手抵著嘴邊開始思考。啊啊，知弦學姊還是跟去年一樣，果然很值得信賴。這種氣氛才是知弦學姊。然後……

「啊，有了。」

像是突然想起什麼的知弦學姊，露出有如菩薩的笑容提議：

「向 KEY 君放電就立刻退學。KEY 君退學。」

「可惡的特定表現啊啊啊啊啊啊啊啊啊啊啊啊啊啊啊！」

讓我抱持期待的極度腹黑提案才是她的真正實力！嗯，早就知道了。我也完全不認為她會認真提案！完全沒有偷偷期待成為大學生之後會變得圓融——！嗚哇啊啊啊啊啊！

在我趴在桌上感嘆時，突然感覺坐在隔壁的火神有了反應。糟糕，我有種現場即將化為戰場的預感——於是連忙抬頭，然而和我的預料相反，眼前的是露出開心笑容的火神。

「這個提案不錯，紅葉學姊！」

「咦咦咦咦咦咦!?」

火神不理會驚訝的我繼續說道：

「火神常常在想！什麼是助長學長後宮思想的最大要素，果然還是這所學園的女生外貌水準莫名地高的緣故！」

面對站起來極力主張的火神，知弦學姊也露出笑容同意：

「沒錯，火神！肚子餓的時候旁邊如果有哈○達斯，吃掉它是人之常情！不過沒有就會先忍耐，晚點再好好吃飯！」

「是的！然後把吃飯換成戀愛的話，就是真心喜愛的人……」

「就是我紅葉知弦！」「就是火神！」

兩人的話重疊了。室內瀰漫緊張氣氛，心想這下該怎麼辦才好時……兩人不愧是「腹黑」。大概是瞬間判斷「現在不是廝殺的時候」彼此交換看在我們眼裡會嚇暈的邪惡笑容之後，沒有衝突繼續對話：

「在面對學長與我家的那個時，火神認為應該要有相稱的因應手段。」

「就是這樣，火神。所謂的愛並非出自培育。愛是搶奪。」

「是培育！我投培育一票！」

「以火神來說，愛是束縛。」
「中肯。」
「中肯個頭！知弦學姊為什麼以若有所思的表情重重點頭！」
知弦學姊無視我的吐槽繼續說下去：
「火神同學。妳說的『束縛』當然包含心、身、行動、命運這一切吧？」
「中肯。」
「不，所以火神也不要跟著說『中肯』……」
「要火神來說，相信男人的愛乖乖等待真是蠢斃了。真的想要就必須採取行動。就算犯法也在所不惜。」
「中肯。」
「所以說『中肯』個頭！為什麼要若無其事說出危險的道德觀！」
「話說回來，被逮捕就前功盡棄了，所以這方面必要謹慎行動…………對了火神，妳對交換殺人有興趣嗎？」
「中肯。」
「ＦＢＩ——！『犯罪○理』最新一季在日本發現兩名必須逮捕的人——！」
「最後讓紅葉學姊連火神的罪一起承擔然後消失……呵呵，反正妳也在想相同的事吧。」

「…………呵，這個也很中肯。」

「話說這是什麼流行語！妳們好像很喜歡『中肯』這個說法！」

的確是方便好用又有趣，「中肯」！連我也有點想用了！

她們還在進行黑暗對話，我決定保持距離……放著不管。

不過這麼一來會議遇到瓶頸。這該怎麼辦才好，看往西園寺……只見她不知為何繃著臉看向這邊。和我的視線對上，連忙別過頭。

「咦？怎麼了，西園寺？」

「沒有……沒什麼。即使鍵學長很有精神地與學生會校友對話……我也不會覺得怎麼樣——」

西園寺好像在鬧彆扭。為什麼身為副會長進行會議還要鬧彆扭……是因為嫉妒嗎？我心不在焉地試著回想，也想不到值得一提的嫉妒場面，不知道該為什麼而道歉，所以只能搔搔頭。就在這樣的狀況下，會長突然嘆氣：

「真是的，杉崎真的不行！還是一樣不行！把野○大雄的善良與射擊技巧與翻花繩的品味拿掉再補上色情，就變成現在的杉崎！」

「令人絕望的人物評價！我、我有那麼差勁嗎！」

「初期角色設定。」

「那不就完了！」

在我因為人格打從根本遭到否定意志消沉時，會長為西園寺打氣：

「不用放在心上，筑紫！杉崎本來就是這樣……不管身在哪裡，基本上都像白痴一樣樂天的傢伙！我還看過杉崎裸體&矇住眼睛被知弦往背上滴蠟燭，還流口水的開心模樣！」

「那是什麼兒童不宜觀賞的衝擊畫面!?」

西園寺感到非常驚訝。話說根本沒有那種事。總之應該是會長夢中發生的事……前提是如果我沒有被知弦學姊消除記憶。

會長繼續說著連我都不太清楚的補充說明。

「所以說不用放在心上，筑紫！杉崎不管任何時候、任何地方、和誰一起，基本上都是面帶笑容的傢伙！」

聽到會長的話，西園寺雖然有點過意不去，依然回應：

「的確……這麼說來，以前他和我一起被捲入黑道槍戰時，也是很開心……」

「沒錯沒錯。杉崎無論什麼時候……呃，咦咦!?」

會長被西園寺的發言嚇一跳，不過西園寺好像沒有察覺……題外話，當時我會笑是因為遭遇一連串的麻煩，最後打從心底發出絕望的笑。絕對不是因為感到開心。完全不是。

「進一步回想，我們兩個人被關在滿是陷阱的密室時，他也是嘻嘻笑著……」

「咦咦咦咦!?那是什麼狀況!?」

聽到西園寺不斷說出驚人的狀況，會長完全跟不上，不過西園寺正在努力回想，似乎管不了那些……對了，當時我笑是因為對與美少女在密室獨處抱持期待，以及西園寺因為陷阱全身濕透，內衣褲的線條一覽無遺……啊，這個不要說明比較好。

「再進一步回想，兩人在宇宙空間漫步時也是——」

「等、等一下，筑紫！不管怎麼說，種類會不會太過豐富了!?就連對突發奇想有一定評價的我都無法跟上，這是怎麼回事!?」

「啊，實在很抱歉，玖璃夢學姊。說得也是。不小心聊起與學生會無關，日常當中無關緊要的話題……」

「不不不不！那個不叫無關緊要吧!?反而比起這種會議，那樣的話題才是應該小說化的等級！」

「要把這些事寫成小說？原來如此…………啊——可是那是不可能的，玖璃夢學姊。如果要說這種等級的事，光是從我和鍵學長認識開始，隨便寫寫都超過三百本。想要全部小說化很不切實際。」

「居然被存在本身就很幻想的人吐槽『不切實際』！」

會長忍不住跺腳。嗯……妳的心情我能了解，會長。認真陪西園寺講話，價值觀的確會動搖。

就是這樣，會長開始聽西園寺描述驚人故事，然後驚訝興奮一陣子之後輕咳一聲，終於把話題拉回主題：

「總而言之，筑紫要對自己有自信。」

「啊，是嗎？可是我還是……」

西園寺一邊開口一邊偷瞄我。回過神來才發現其他成員也把注意力放在這邊的對話上，尤其是新學生會成員，對我投以和西園寺一模一樣的視線……這是為什麼？

看到這個，舊學生會的成員不知為何用和會長一樣的溫柔眼神看著新學生會。在只有我摸不著頭緒的狀況下，會長不只對西園寺，也對新學生會的所有人挺胸宣告：

「那就決定了！今年學生會的方針，要對自己的活動有信心！沒問題的！因為杉崎最喜歡新學生會的大家！」

「咦咦!?等等，為什麼突然說出這種話——」

聽到會長突如其來的發言，我紅著臉想要插嘴，卻被面帶微笑的深夏說聲「你平常說過類似的話吧。」制止……確實是這樣沒錯！這是怎麼回事！聽到別人這麼說感覺好難為情！

尤其是當著新學生會的面前……平常與西園寺、水無瀨、日守、火神她們，彼此都是以有點冷淡的方式應對，總覺得……果然很難為情！

新學生會的成員把視線集中在臉越來越紅的我身上…………唔！

「妳、妳們在笑什麼！我、我才不是……那個…………喜、喜歡是喜歡！我喜歡大家！就、就是這樣！沒錯！只是該怎麼說……啊啊，真是的！」

感覺越來越陷入混亂，忍不住搔著頭。這時新學生會的成員發出笑聲，然後西園寺以開朗的聲音回應會長：

「好像真是這樣……嗯，鍵學長就是這種人。」

「所以說妳在說什麼……」

原本以為她們兩人在說些什麼，沒想到其他成員也笑著點頭，看樣子真的只有我搞不清楚狀況……這算什麼！這是什麼氣氛！感覺好討厭！居然擅自感情變好！這是什麼介紹沒見過面的朋友見面，結果兩人感情變好的複雜心境！

在我感到無法釋懷時，各個成員彼此相互交談。

「果然還是學生會校友。真的很了解鍵。」

「嘿，對吧！因為一整年都一起開會，可不能輸給妳們！」

「如果要這麼說，我和杉崎同學應該認識最久……不過我還是無法完全理解他的內在。」

雖說我也沒興趣就是了。」

「不，別說充分理解KEY君，我覺得妳已經充分掌控他……」

「哈，對付杉崎這種人，隨便踢他幾腳只是剛好——」

「咦，日守，沒想到妳挺了解的。用這種態度對待鍵他最開心。我很清楚。」

「不過最後火神會獨占。學長的後宮思想，火神會打從根本加以否定。」

「真冬也支持火神同學的想法！不過最後學長當然會選擇真冬！」

「…………」

雖然完全跟不上對話，隱約知道她們在談論我。雖然知道，看她們好像沒有口出惡言也沒有稱讚，還以為會嫉妒爭吵，沒想到所有人莫名開心……真是讓人摸不頭緒的對話。

然後全體順著氣氛溫和閒聊……唉，什麼啊。雖然我直到現在還是狀況外……不過這麼一來……

應該如同會長的希望，成功營造歡樂的學生會了。

最初的目標已經達成，好了，差不多該結束會議了吧——……我一邊想著這些事，一邊以愉快的心情看著全體面帶笑容交談的景象，這時學生會辦公室的門突然被人拉開。所有人停止交談轉頭看去，來者是……

「喔喔，雖然我有聽說，不過這樣的確很熱鬧。」

「真儀瑠老師！」

單手把文件放在肩上，有氣無力的學生會顧問。

舊學生會成員發出開心的聲音。真儀瑠老師也笑著走進辦公室，反手把門關上。老師說聲「不用了，馬上要開教職員會議。」一邊制止想要讓位的我，一邊背靠著學生會辦公室的牆壁。然後與舊學生會們交換二三分鐘的近況報告之後「抱歉，時間差不多了。看到大家有精神的模樣真開心。」結束對話，然後走到西園寺身邊。

「妳有空嗎？」

「啊？」

老師難得以認真的表情開口。雖然其他成員再次開始閒聊，不過人在西園旁邊的我有點在意，忍不住豎起耳朵聆聽。

真儀瑠老師從文件當中抽出一張紙，放到西園寺的面前：

「關於下個月的節日要做的義賣活動，期限差不多要到了……與各個地方的聯絡和安排都做好了嗎？」

「……咦？」

「……咦？」

聽到西園寺發出有點愚蠢的聲音，真儀瑠老師也回了一句。正在閒聊的大家聽到這個聲音全部看了過來。知弦學姊低聲地向水無瀨確認：

「怎麼回事？」

「學生會好像把下個月的義賣活動忘得一乾二淨了。」

「咦，是那個在一整年的活動當中，學生會最辛苦的義賣活動嗎？到現在都還沒有動手？這、這樣似乎很不妙……」

根據兩人的對話，把現任學生會的狀況傳達給大家。西園寺開始冒出大量汗水。她從包包裡拿出檔案夾，接著翻找收在當中的文件，然後把真儀瑠老師給的文件與自己的比對一下，垂頭喪氣地把手撐在桌上。

「好……好巧不巧，我只有拿到預定表……而且只有日期的部分剛好沒有印到……」

「啊——……」

全體發出理解的聲音。「西園寺的話有可能。」連舊學生會也能了解。

「那麼有什麼問題嗎？」

在她的額頭滲出汗水時，火神開口詢問。

真儀瑠老師一邊嘆氣一邊回答：

「不，那個，在這種情況真的有點難以啟齒……這件事在學生會的截止日期，基於各種考量，只到明天中午。所以這麼一來——」

「現在完全不是舉辦聯誼會的時候。」

聽到知弦學姊有點冷酷的結論，老師一邊嘆氣一邊回答：「是啊。」

學生會辦公室籠罩凝重的沉默。會長雖然表示「那、那麼我們今天就到這邊，接下來要工作了……」不過看到外面一片昏暗，覺得很抱歉地低下頭。

面對異常沉重的氣氛，新舊學生會一同提出各種補救方法，然而什麼也沒有解決，果然進行得不順利。

學生會辦公室再次安靜下來。

終於找到插嘴的時機，我看著真儀瑠老師明確開口：

「如果是義賣的事，已經在昨天全部處理完畢，完全沒有問題，老師。」

「——咦？」

不只老師，在場的所有人全都愣住了。我一邊搔臉一邊說下去：

「不，因為一直找不到開口的時機。呃，那個，關於義賣那件事。與相關地方的聯絡、必要物資的分配、流程表的製作以及其他各種調整，已經在昨天完成。學生會的工作那樣就算結束了吧？」

「啊、啊啊。既然是這樣，剩下只要教職員……呃，啊，教職員會議已經開始了！再見了，各位！還有杉崎，真的都做完了嗎？」

「是的，沒有問題。請在教職員會議安心報告吧。」

「OK。那我走了！」

老師一邊回應一邊急忙走出學生會辦公室。在其他成員還沒反應過來時，我開口說道：

「好了，就是這樣，大家可以繼續開心閒聊。來吧，繼續繼續！」

「…………」

「……咦？」

雖然我面帶笑容催促，所有人還是盯著這裡不動……這是怎麼回事？真讓人忐忑不安。

眾人的視線讓我為之膽怯，不知所措時，深夏以有點不滿的語氣開口：

「你又……話說你又做了那種事吧？」

「又？」

「所以說……！那種犧牲自我的事！」

「呃……」

在我完全搞不懂深夏在生什麼氣時，水無瀨也露出受不了的表情，眼鏡閃耀光芒：

「雖然我不知道杉崎同學為了什麼寧願搞壞身體，也要這麼努力……不過這種費心做法令人有點不快。」

「不、不快？費心？不、不是這樣，我只是……」

我還來不及辯解，這次是日守露出明顯不耐煩的表情：

「喂，我好歹也是學生會幹部。雖、雖然一點也不想做學生會的工作……不過……我就那麼不被信賴嗎？」

「信賴？啊——不，所以說不是這樣，這次我之所以擅自進行作業是因為……」

「杉崎！所謂的學生會，就是要大家一起參與才叫學生會！你那樣已經不算——」

「啊啊，真是的！」

為什麼我每次想要開口都說不下去！我弄響椅子站起來，硬是打斷會長的話用力大喊：

「我打從心底期待今天，不行嗎！」

「…………什麼？」

所有人睜大眼睛。

我莫名害羞地移開視線，嘟起嘴巴說下去：

「我昨天處理雜務才發現義賣的工作沒做。可是在那個時候集合新學生會的成員實在有點問題……而且那麼一來，勢必要減少這次的會議時間！既然這樣……我當然拚了！獨自作業！這樣哪裡不對了！說啊！」

雖然被我的氣勢壓過，西園寺還是小心翼翼回答：

「不、不是，那個，可是，要是在昨天找大家一起……」

「所以說不是不信賴妳們的問題！那個時候把全員從家裡叫過來進行作業，還不如我趕緊行動比較快！」

「火、火神只要是學長的命令，隨時都可以衝過來——」

「妳昨天為了很久沒能與母親兩人外出吃飯，非常期待吧！」

「嗚……」

連火神都縮起身子……嗯，為什麼變成好像是我在責備火神？由於狀況越來越令人搞不懂，暫時咳嗽一聲平靜心情。

深夏不知為何以抱歉的模樣詢問：

「那、那麼，你昨天作業的理由不是犧牲自我……」

「才不是！不如說完全相反。我只是……」

我在這時環視學生會……我最喜歡的少女們齊聚的房間。

現在才能細細咀嚼幸福的滋味……忍不住露出微笑回答：

「我只是想要有多點時間，看著心愛的人們開心聊天的表情。」

「…………」

「……咦？」

所有人莫名其妙地耳朵泛紅低頭……什麼？怎麼了？

該不會是我的褲子拉鍊沒拉吧？慢慢坐下確認兩腿之間。

「（……咦？）」

雖、雖然不至於沒拉，不過拉鍊下滑了幾公分。原來如此，一定是因為夕陽的反射，造成金屬在跨下發光。所以大家才會露出臉紅目眩無法直視的模樣。原來如此、原來如此。

話說能從這麼細微的情報發現真相的我真厲害。推理天才。熟知女人心的大師。

在我感到滿足時，成員們以隱約可以聽到的聲音交頭接耳：

「……KEY君……今年也是……一樣狡猾……」

「……是啊。火神也覺得那個……太過分了……」

「本人……自覺……麻煩……」

哇啊，我該不會……被說得很難聽吧!?這、這也是理所當然的。看到男生兩腿之間發光，女高中生為此議論紛紛也是沒辦法的事。

就是這樣，在我無法打入大家的對話獨自發呆時，學生會辦公室的門傳來敲門聲。大家還是一樣忙著小聲交談，一個人沒事做的我只好「來了——」一邊回應一邊走到門邊開門，只看到……

「啊，杉崎學長。辛苦了。」

「喔，風見。辛苦了。」

學妹校刊社社長風見芽育胸前掛著照相機現身。與日守形成對比，只見她整齊穿著學校制服，沒有特別突出的出場方式，也不會說出意料之外的話（姑且不論去年被莉莉西亞使喚那個時候）。

雖然是和平常一樣的樸實身影，不過與形象強烈的美少女成員辛苦對話之後，看到她不知為何鬆了一口氣。今天這種感覺尤其強烈，忍不住露出笑容。似乎看穿我的想法的風見以覺得有趣的模樣笑道：

「沒想到杉崎學長的想法和我很接近。雖然成天說著什麼後宮，其實最喜歡平凡無奇的日常。」

「啊啊，或許是這樣吧。最近一個人在家的時間感覺很放鬆。」

「啊哈哈，真的『很接近』吧，杉崎學長。不過我喜歡杉崎學長的這個部分喔。很有輕小說的感覺。」

聽到自然說出「喜歡」的發言，瞬間心跳加速，不過風見的那個沒有什麼特殊含意，於是我也壓抑悸動……如果是其他人，我會搞笑地說出「我也愛妳！」之類的話吧……或許是因為邂逅的方式以及現在的關係，沒辦法以對待其他女孩子的方式，對這傢伙表示好感。而是帶著普通朋友、學長學妹的感覺，莫名感到害羞。

我稍微輕咳一聲換個話題：

「那個，是要來拍照嗎？」

「啊，是的。聽到新舊學生會齊聚一堂，不可能不寫報導吧。」

「原來如此。真是熱心工作啊，校刊社社長。」

「呵呵，每次都承蒙你的照顧，學生會副會長。」

「不客氣。我才是每次都受到照顧。」

「哪裡哪裡，我才是，不愁沒題材真是感激不盡。」

「今後也請秉持互惠原則，繼續指教了，風見。」

「好的，杉崎學長。」

面對風見的笑容以及沒有裝傻的普通對話，不知為何治癒我的心。這個心情是怎麼回事。

所謂的日常，原本是這麼回事……

好，既然是風見的請託，那就來拍合照吧。就算撇開報導的事，其實我也想要新舊學生會全員的照片。好！

「大家注意──！現在要拍照──」

我一邊拍手一邊開心地看往室內。然而卻看到──

「…………」

「咦？」

新舊學生會成員不知為何盯著我和風見。明明剛才還在熱烈交談，現在卻沒有一個人在聊天……這是為什麼？

面對這種與大家都很熟的我都忍不住冷汗直流的視線，風見當然承受不了。只見她嚇得抖動肩膀，突然躲到我的背後，緊緊抓住我的手。

「嗚、嗚嗚……？杉、杉崎學長？這、這是怎麼回事……？」

風見以害怕的眼神看著我……糟糕，真可愛——呃，啊!?

「…………」

回過神來才發現來自學生會成員的視線壓力更加強烈。更○劍八的靈壓大概就像這種感覺。這下不妙。

在我與風見呆立在原地時，聽見不是從哪裡傳來，而是腦內直接響起的聲音。

『（真正應該警戒的人，既不是舊學生會也不是新學生會嗎！）』

不是某人的聲音，而是現場所有人的心聲重疊的結果。

完全不習慣受到矚目的ＴＨＥ普通人風見忍不住發抖，因此沒辦法的我只好出面：

「那、那麼今天也很晚了，迅速拍張照就解散——」

「要討論的議題還有很多吧！」

「噫!?」

受到學生會全體有如田中○衛的怒吼……我和風見沒有選擇。

那天強制參加的風見當然不用說，之後過來察看情形的真儀瑠老師、回母校探望校刊社社員的校友藤堂莉莉西亞全都被捲入，一直、一直、一直……

「那麼那麼，下一個議題是這個！」

沒人感到厭煩地繼續聊著說不完的對話。

私立碧陽學園學生會。

那裡一定每天都有吵吵鬧鬧的人在進行歡樂的對話。

私立碧陽學園學生會

Hekiyoh School stude

後記

大家好，我是葵。大家好。辛苦了。大家好。

…………

是的，就是這樣，我是每次都承蒙照顧，有氣無力的作者葵せきな。最近有把臉戴墨鏡、身穿刺繡夾克，和放○兄弟的AT○USHI一樣剃光頭的自己刊登在作者近照的衝動。壓力大到皮膚變糟。

咦，要說為什麼？

……呵，別說了，那和自己說出失敗理由一樣難堪……

嗯……什麼？總而言之。

把這個後記看到最後就會懂了。就份量的方面來說。

……好了，就是這樣，重新自我介紹，我是後記詛咒再臨的葵せきな。好像變成國民恐怖電影系列了。好萊塢電影重拍時似乎可以用「ＡＴＯＧＡＫＩ」的名稱震撼全美。

不過，就算是這樣。

《新學生會系列》結束之後，突然來個十頁的後記是怎麼回事……

看樣子果然是《學生會系列》受到詛咒。以角色來說，總覺得是知弦的問題。這只是作者非常個人的想法……因為她最像會遭到怨恨…………咳咳！

就是這樣，又到了大家引頸期盼的「葵せきな後記命苦時間」。在新學生會抱怨「可惜後記太短了」的結果就是這樣。某個網路購物網站的評論甚至以後記為基準增減星數，結果就是這樣。

所謂的後記到底是什麼……打從影響商品到這個地步，似乎大幅脫離附錄的領域……

話說如果這是詛咒，應該是讀者們的錯。我要在這裡做出作家最不該做的「批評讀者」。大概是因為讀者「好想看那傢伙在後記訴苦」的想法累積到一個數量後，變成這種結果。好像在《マテリアルゴースト》與《學生會》都描寫了這種世界的體系……（先不管其實這是自作自受的意見）

話說回來……你們到底想要什麼？應該說想看什麼！嘿，拜託一下！請大家想起第一次拿下《學生會的一存》時，那種純真無邪的心情！絕對、絕對不是為了想看後記才拿起來吧！（以冀望和平的單純女主角的眼神表示）

不，拜託饒了我吧。要一個家裡蹲把日常報告寫成文章，這樣到底有什麼樂趣？除了屈辱沒有別的了！

以這個體驗為基礎，模仿某師走ト○ル老師的輕小說。

「我與讀者的後記戰爭」

有股衝動想要創作這個新作。那個新作的後記應該有二十頁，由於太過悲慘希望不要。

好了，就算內容只是不停發牢騷，也才寫了三頁而已喔，太太。希望讀者試著自己寫兩位數頁數的後記看看！真的會絕望！就算是喜歡自言自語的人，也是受不了的份量！

然後我又是過著平淡人生的人，所以更加悲慘。尤其是這幾年的生活。

「一天開始、起床、進食、執筆、遊戲、進食……一天結束、睡覺。」

結束。輕小說中的「喜歡平凡的主角」在此完成，總之先把那傢伙揍一頓「你真的了解平凡是怎麼回事嗎！啊啊！也有像地獄一樣的平凡日子！」揪住對方，火速遭到警察逮捕。

嗯，不管怎樣很快就會變得不平凡。

雖然有點離題，就是過著驚人的平淡生活。從這個意義來說，和平凡或許又有點不一樣。好了，基本上是作家，也算是有點特殊的職業。

不過這點反而是麻煩。如果到公司上班，不管好壞多少都會因為職場的人際關係有所變化。雖然清楚知道會有很多討厭的事，不過因為他人的關係，生活起變化的比例很高。

一旦成為作家，就像剛才寫的「起床、進食」那樣，基本上是孤單的一人作業，而且幾乎沒有不規律要素。

所以要是類似《穿○時空的少女》的事發生在我的身上，被某人詢問：

「你會時間跳躍吧？」

我應該會發自內心露出感到驚訝的表情：

「咦，真的嗎？我完全沒有發現！」

這麼回答吧。昨天與今天的差別實在太小。小到很難挑出哪裡不一樣的等級。只能以錄在硬碟裡的動畫內容，確認時間的經過。

要我這種過著彷彿在紙上反覆塗抹用水稀釋的白色水彩生活的人，以日常為主題寫成文章，是哪個人在強人所難。我覺得可以為這種事哭泣。應該有像野獸一般痛哭的權利。

……嘿，各位讀者。差不多開始覺得可憐了吧？啊，不覺得。咦？反而很期待看到？啊，是嗎……啊，是喔……

好了，一直用抱怨來占篇幅也有所限度，差不多不能逃避，該把話題轉向作品和日常生活的方向了。

首先是關於這本《學生會的祝日》。如同看完的讀者所知，這本小說是星期系列的延長。是把在《DRAGON MAGAZINE》刊登的後續發展，以及忘記收錄在《土產》——咳咳，「沒有」收錄的短篇等集結起來，責任編輯丟來「只要再寫個一半，就能出書了」的話題，最後我以「不知道是第幾次寫學生會的最終回啊——！」的心情補上新作之後推出。不，讓學生會與新學生會碰面，是打從一開始就想寫的故事（自作自受2）。

因為這個關係，所以沒有《土產》與《十代》與《新學生會》下集那種最終回的感覺，希望大家可以當成「學生會系列的EXTRA」來閱讀。

……好了。

有件事情必須在這裡向大家道歉。

先前在《新學生會的一存　下》的後記裡，我在學生會結束後的新作情報方面，做了「具體情報會在《祝日》的後記預告」的發言。

真的……真的，很慚愧，非常遺憾。

那本新作……進度大幅落後，發售日還沒確定，無法在此預告——

——完全沒有那種事。日期已經決定了。

與《學生會的祝日》（普通版）同時發售。

…………

在發售的當天進行新作預告，這是怎麼回事……

話說已經是不用預告，知道的人就是知道的狀況。搞不好有可能連新作都看完了。

這樣好難預告啊！

試著以得意的表情透露「我的新作……其實是這種故事！」結果聽到「嗯，我知道。」或是「啊，我已經看完了。」的感想！作者處於最新作情報誤點的立場，這是怎麼回事!?

……嗯，不過，話雖如此，約定好的事情就該遵守，還請讓我在此做個預告。

《我的勇者》

以此作為標題的新作，在二〇一三年七月二〇日發售。

內容方面，用一句話來說就是穿越異世界奇幻小說。該怎麼說，要說王道也算王道。正中直球。

只不過在時下的輕小說當中有點不一樣的是……主角是小學四年級的男生。

正因為如此，是個輕鬆開朗熱鬧的故事。與學生會的感覺有點不一樣，由衷希望能能達到「看完會很開心」的願望。

想要知道更多詳細內容的人，請參考傳單與網站的大綱，或是Nino老師創作的封面插畫，以及刊登在《DRAGON MAGAZINE》上的短篇（全新創作）等，就能夠更加理解。

這麼晚才告知，實在很抱歉。

如果讓我解釋，《我的勇者》的發售日期在寫《新學生會的一存　下》的後記時尚未確定，直到快要截稿才決定同時發售……如果大家能知道當時的我是多麼「唔～～！」扼腕就好了。就和在傳送信件途中才發現寄錯信的感覺差不多。

不管怎麼樣。

新作《我的勇者》也請多多指教！

基本上從開朗的意義來說比較像《學生會》，從長篇戰鬥的部分來說比較像《マテリアルゴースト》不過主角與這兩者完全不一樣，所以也沒有「請○○的讀者務必支持！」的感覺。兩部作品都是全心投入創作，如果可以試著讀完小說或是短篇就太開心了。

就是這樣，以上是新作預告。

再來是日常報告部分。

因為最近幾個月都在執筆新作，在這個狀況當中發現一件事，

「啊！我的體質是不寫搞笑對話就會坐立不安！」

就是這樣。由於新作是長篇冒險類型，對話以外的描寫當然相對變多，寫得稍微長一點就會「沒、沒問題嗎？」有些不安。

學生會病真是不輕。

題外話，學生會病還有其他症狀。

・不擅長會長挺起小胸膛說名言以外的開頭方式！

・看到動畫和遊戲時立刻聯想到「啊，這個梗好像可以利用」等。

・主角之間的差異。

・故事沒有在三十頁左右告一段落就會坐立不安（短篇症）。

如此這般……學生會帶給我的影響，無論好壞都很大。話雖如此，有九成都是好的。

雖然在作者介紹也寫過，真的是讓我很幸福的系列。

那麼在這裡，向整個學生會系列表達感謝。

首先是繪製精美插畫的狗神煌老師。這六年來，讀者感想與狗神老師的插畫是我的心靈支柱。每次收到責任編輯傳來封面、彩頁、內頁插畫，以及雜誌特集使用的插畫時，都會在執筆期間反覆欣賞，總是讓我充滿幹勁。這六年來真的非常感謝您！今後我會以粉絲的身分期待您的活躍！

接下來是打從提案到本篇尾聲都很照顧我的前責任編輯中村小姐。如果說這部作品的父母是我和狗神老師，那麼「養育父母」無疑就是妳。真的非常感謝。

然後是從系列尾聲接棒，到出乎意料漫長的完結為止，陪我一起走來的小林先生。在我對於周邊故事的完結方式感到迷惑時，從讀者觀點給予建議，真的非常感激。學生會能夠像這樣完美結束，都是多虧小林先生。真的很感謝。

除此之外，編輯部的各位當然不用說，漫畫版連載的各位、動畫關係者各位等等，一路上有這麼多人的照顧，我才能走到這裡。

然後比任何人都必須感謝的，果然是陪伴這個故事一路走到最後的讀者。

歡樂、好笑、有趣，大家的一句話不知道拯救我多少次。

回報更多「歡笑」的《學生會的一存》系列，對我來說真是蒙受恩惠、幸福的系列。

這六年來真的很開心。真的非常感謝大家！

………

咦，什麼，我要死了？

咦，呃……就是這樣，雖然莫名強調「結束」，不過接下來當然會繼續創作新作。

哪一天學生會又突然回來了也說不定。

所以說。

今後還請繼續支持葵せきな……以及學生會的相關人士！…………如果可以，希望後記短一點！

葵　せきな

感謝各位長久以來的照顧!!
狗神煌。

Kadokawa Light Novels

我與女武神的新婚生活

Kadokawa Fantastic Novels

作者：鎌池和馬　插畫：凪良

頑固笨拙的女武神遇上天然呆少年——
兩人的新婚生活怎麼可能這麼順利！

在偶然的機會，人類少年對金髮碧眼的美麗女武神瓦爾特洛緹一見鍾情。為了讓少年死心，女武神提出「若是你能爬上世界樹，我就嫁給你」的條件。於是少年挺身挑戰世界樹，唯恐天下不亂的諸神當然不可能袖手旁觀……新感覺的北歐戀愛喜劇歡樂登場！

NT$180/HK$50

台湾角川

Kadokawa Light Novels

絕對雙刃 1~3 待續

Kadokawa Fantastic Novels

作者：柊★たくみ　插畫：淺葉ゆう

孤島特訓課程卻遇到意想不到的人
滿懷惡意的「品評會」即將揭幕——！

「焰牙」——那是藉由超化的精神力，將自身靈魂具現化所創造出的武器。我與茱莉隨大家一同航向南洋小島，體驗為期一週的濱海課程。但在前往宿舍的途中，我們遭到兩名使用「焰牙」的黑衣人襲擊，其真面目竟是曾在「資格之儀」上敗給我的女孩⋯⋯？

各 NT$180~200/HK$50~60

台湾角川

Kadokawa Light Novels

鳩子與我的愛情喜劇 1~4（完）

Kadokawa Fantastic Novels

作者：鈴木大輔　插畫：nauribon

《就算是哥哥，有愛就沒問題了，對吧》作者最新作
被迫和青梅竹馬交往，超虐待戀愛特訓啟動——!!

為了能夠成為平和島財團的繼承人，平和島隼人每天都向女僕鳩子學習著帝王學。就在此時，平和島財團的總裁源一郎突然指定隼人必須和鳳杏奈展開同居生活，鳩子因此離開了隼人……為了展現對鳩子的愛，隼人將奮力一搏!!

台灣角川

各NT$180~190/HK$50~55

國家圖書館出版品預行編目資料

學生會的祝日：碧陽學園學生會默示錄．8 /
葵せきな作；劉蕙瑜譯．
──初版．──臺北市：臺灣角川，2014.03
面；　公分．

譯自：生徒会の祝日 碧陽学園生徒会黙示録 8
978-986-237-448-1(第 1 冊：平裝)
978-986-237-879-3(第 2 冊：平裝)
978-986-287-098-3(第 3 冊：平裝)
978-986-287-616-9(平裝)
978-986-287-689-3(平裝)
978-986-287-702-9(平裝)
978-986-287-814-9(平裝)
978-986-325-849-0(平裝)

861.57　　　　103001783

Kadokawa
Fantastic
Novels

學生會的祝日 碧陽學園學生會默示錄 8（完）

（原著名：生徒会の祝日 碧陽学園生徒会黙示録 8）

2013年3月14日 初版第1刷發行

作　者：葵せきな
插　畫：狗神煌
譯　者：劉蕙瑜

發 行 人：塚本進
總　監：施性吉
副總編輯：蔡佩芬
主　編：吳欣怡
文字編輯：楊鎮遠
美術副總編：黃珮君
美術主編：許景舜
美術編輯：陳晞叡
印　務：李明修（主任）、張加恩、黎宇凡、張則蝶
發 行 所：台灣角川股份有限公司
地　址：105台北市光復北路11巷44號5樓
電　話：（02）2747-2433
傳　真：（02）2747-2558
網　址：http://www.kadokawa.com.tw
劃撥帳戶：台灣角川股份有限公司
劃撥帳號：19487412
法律顧問：寰瀛法律事務所
製　版：巨茂科技印刷有限公司
ISBN：978-986-325-849-0

香港代理：香港角川有限公司
地　址：香港新界葵涌興芳路223號
新都會廣場第2座17樓 1701-02A室
電　話：（852）3653-2804